명랑해녀

• 일러두기
1. 이 책에 사용한 사진의 출처는 297쪽에 자세히 나옵니다.
   출처에서 따로 표기하지 않은 사진의 저작권은 모두 김형준 작가에게 있습니다.
2. 본문에서 거론한 물질도구는 296~297쪽에 사진과 함께 설명했습니다.

명랑해녀

글 김은주
사진 김형준, 이철재, 디스커버제주

1판 1쇄 발행 2017년 7월 14일
1판 2쇄 발행 2018년 7월 10일

발행인 신혜경
발행처 마음의숲

대표 권대웅
주간 이효선
편집 송희영
디자인 임정현
마케팅 노근수 허경아
인쇄 스크린그래픽 **제본** (주)상지사P&B

출판등록 2006년 7월 31일(제313-2006-000159호)
주소 서울시 마포구 동교로 144-13(서교동 463-32, 2층)
전화 (02) 322-3164~5 | **팩스** (02) 322-3166
페이스북 facebook.com/maumsup
ISBN 979-11-87119-92-0 (03810)

이 도서의 국립중앙도서관 출판예정도서목록(CIP)은 e-CIP홈페이지(http://www.nl.go.kr/ecip)와
국가자료공동목록시스템(http://www.nl.go.kr/kolisnet)에서 이용하실 수 있습니다.
(CIP제어번호: CIP2017015275)

김은주 지음 | 김형준 사진

잘나가던 서울의 공예 디자이너
제주의 해녀가 되어 행복을 캐다!

마음의숲

사람을 강하게 만드는 것은 사람이 하는 일이 아니라
하고자 하는 노력이다.

- 헤밍웨이, 〈노인과 바다〉 중에서

CONTENTS

프롤로그

제주를 꿈꾸다

돌이켜보면 인생이란 계획대로 살아지는 것이 아니다.
나는 내가 해녀가 될 줄 몰랐고,
내 남편이 해남이 될 줄 몰랐으며,
우리 부부가 제주에 집을 짓고 살게 될 줄
꿈에도 상상하지 못했다.

어느 날 돌아보니
나는 제주에 살고 있고,
어느 날 돌아보니
해녀가 되어 있었다.

제주는
내가 얼마나 행복한 사람인지 알게 해준
고마운 곳이다.

나는
해녀가 된
내 모습이 너무 자랑스럽다.
오늘 하루도 매우 행복하다.

.....

바다. 먼 수평선 너머 알 수 없는 설레임과 그리움.
그리고 어머니 배 속 같은 바다 깊은 곳에 대한 동경과 아늑함!
그랬다. 바다는 나에게.

.....

사십이 넘도록 서울에서 디자이너로 정신없이 살다가
어느 날 나는 해녀가 되어 살고 있었다.
제주도 최남단 공천포 바다.
어느 중력이 나를 이곳으로 이끌었을까.

·····

물이 귀한 섬사람에게 이곳 공천포 해안에서 솟아나는 용천수는 참으로 귀했다.
물맛이 좋은 샘물을 바친다는 뜻의 지명인 '공샘이(貢泉味)'가
어원인 소박하고 아름다운 어촌 마을 공천포.

……

그렇게 오늘도 바다로 나아간다.
깊이깊이,
나에게로 들어간다.

1장

서울에서 왔어요

어쩌다 제주

서울. 그곳은 오랫동안 내 삶의 터전이었다. 온갖 소음에 지독한 매연, 발에 채일 정도로 사람이 넘쳐나는 번화가가 누군가에게는 버거웠겠지만 나에게는 자연스러운 삶의 일부였다. 20대에 여의도와 명동의 증권가를 누비면서 증권인으로 바쁘게 살았고, 위기의 IMF 이후에는 비즈와 퀼트 관련 사업으로 전환하면서 동대문을 활보했다. 가진 것 하나 없었지만 열심히 해 그만큼의 성과를 냈다. 보람이 있었다. 그런 내 삶을, 그곳에서의 삶을 누구보다 사랑했다. 서울이라는 거대 도시는 나에게 역동적이면서도 성실하게 돌아가는 내 삶과 마치 쌍둥이처럼 느껴졌다.

하지만 비즈와 퀼트 사업을 15년 정도 해나가고 있을 무렵, 자주 낯선 감정에 빠지곤 했다. 아, 나도 많이 늙었구나, 나도 나이를 먹었구나. 내 삶의 의미가 대체 뭐지? 그러면서 자연스럽게 지난 삶을 되돌아보게 되었다. 나는 삶의 순간순간을 짚어볼 여유도 없이 정신없이 바쁘게만 살았고, 시나브로 도시생활에 지쳐 있었다. 어느 땐 오십도 되지 않아 갑자기 백 살 먹은 노인처럼 축 처져버리기도 했다.
하지만 내 인생의 기본 모토는 누가 뭐래도 '명랑함' 아닌가. 삶이 나를 축 처져 있게만 하지 않았다. 남편과 함께 물속으로 들어갔다. 물속에서 허우적거리며, 유영하며 나는 활력을 찾아갔다. 프리다이빙을 시작한 것이다.

어느 소설가의 말처럼 삶은 뜻하지 않은 계기로 경로가 바뀌는 모양이다. 프리다이빙은 내게 또 하나의 전환점이 되었다. 공기통을 메지 않고 자기 호흡으로만 바다 깊숙한 곳에 들어가는 스포츠인 프리다이빙을 하며, 우리 부부는 어느덧 물을 사랑하고 수영과 잠수를 즐기게 되었다. 오로지 자기 호흡으로만 물속에 들어간다는 건 정말 짜릿하고도 두려운 일이었다. 아무도 대신 살아주지 않는 인간의 삶과 어쩌면 그렇게 닮아 있을까. 그 짜릿한 두려움은 계속 물을 찾게 만들었다. 서울에 있을 때면 잠실 올림픽 수영장 다이빙풀을 찾았고, 시간이 날 때마다 어느 바다보다 아름답다는 제주 바다를 찾아 떠났다. 후에 내가 살게 된 공천포는 특히나 매력적인 곳이다. 바닷속에 검은 모래가 깔려 있어서 바다가 소용돌이치면 코앞도 보이지 않을 만큼 캄캄한 공천포 바다. 나는 바로 눈앞의 광경도 예측할 수 없는 이곳에 속절없이 빠져들었다.

그렇다. 서울이 마치 내 삶의 쌍둥이처럼 느껴졌던 것과 마찬가지로, 이제는 물속에서의 순간이 내 삶과 똑 닮은 듯 느껴졌다. 자꾸 웃음이 났다. 계속 설레었다. 나는 망설이지 않고 두 팔을 벌려 누구보다 기쁜 마음으로 제주를, 물속에서의 삶을 끌어안았다. 제주는 내게 그렇게 다가왔다.

우리 제주도에 내려가 살까?

현재만 보면 삶이 한순간에 확 변한 것 같지만, 과거를 찬찬히 돌아보면 변화란 한순간에 이루어지지 않는다는 걸 깨닫는다. 인간의 삶에는 관성이 크게 작용해 변화란 상황에 맞추어 때로는 천천히, 때로는 정신 못 차릴 정도로 빨리 이루어진다는 것을 나는 이제 알게 됐다.

바닷속과 제주를 누구보다 사랑하게 됐대서 어느 날 갑자기 제주로 내려가 매일매일 물속에 들어간 것은 아니다. 그저 제주 바다가 좋아 휴식 차 4박 5일 일정으로 제주에 내려왔다가 우연한 계기로 한 달간 머물렀던 게 본격적인 변화의 시작이었다. 사연이 이렇게 된 데는 동네 '개'가 한몫 크게 기여했다. 그때 동네 개가 아니었다면 우리의 제주살이도, 해녀로서의 삶도 없었을 것이다.

제주에 도착한 첫날 제주폐가살리기협동조합에서 열리는 봉사 활동에 참여했다. 부녀회장님 댁에 차를 마시러 갔다가 줄에 묶인 개에게 물리는 사고를 당했다. 마치 제주살이를 하게 될 내 운명을 개가 알고 있었던 것처럼, 나는 그것을 계기로 한 달 반을 한림 부녀회장님 댁에서 머물렀다.
여행 차 제주에 내려왔다고 말하니, 며칠간 숙식을 해결하도록 도와주겠다고 하셨고, 나는 답례로 밭일 등 소일거리를 찾아 도와주기로 하고 머무는 것을 승낙했다. 밥도 주고 잠도 재워준다기에 덜컥 승낙했다. 제주에는 페이스북으로 알게 된 친구들이 있었고, 제주폐가살리기협동조합을 통해 제주 소식을 자주 접하고 있던 터라 낯선 땅이 전혀 낯설게 느껴지지 않았다.
가족들에겐 며칠 더 머물다 간다고 말했다. 그렇게 제주에서 한 달여의 시간을 보냈다. 그때의 기억이 꽤 좋았다. 서울을 떠난 삶을 한 번도 생각해본 적이 없건만, 금세 제주에 매료되었다. 한 달이라는 길다면 긴 시간 동안 살아본 것이 큰 영향을 미쳤다. 서울이 아니어도 살아볼 만하게 느껴졌다. 더욱이 그땐 도시생활에 많이 지쳐 있었고, 휴식이 필요했다. 제주의 청정한 아름다움과 평화로운 모습은 풍경만으로 많은 위로를 주었다.
제주 한림 부녀회장님 댁에 머무르는 동안 여러 잔일을 함께했다. 이른 아침 브로콜리 수확을 시작으로 늦은 저녁까지 쪽파를 다듬는 일이 나의 일과로 주어졌다. 생각해보면 재미있는 일이다. 제주에서 한 달 동안 살아보자는 계획 따위 없었다. 반드시 서울을 떠나고 싶다는 간절함도 없었다. 단지 제주 바다가 좋아서 들렀을 뿐이었다. 그런데 개에게 물린 것이 결정적 계기가 되다니! 삶은 이렇게 어처구니없을 만큼 가벼운 일을 계기로 급변하기도 하는데, 뭐하러 그렇게 치열하지 않으면 당장 망할 것처럼 살았는지, 지금 생각해도 웃음이 난다.

그 한 달 동안 나는 페이스북으로 알게 된 정아 언니와 이호태우 해변에도 가고, 동네 가까운 동산에도 가고, 바다 산책도 많이 했다. 그러다 우연히 해녀들이 벗어놓은 잠수복을 발견했는데, 그 풍경이 너무 예뻐 사진으로 담아 오기도 했다.

제주에서 한 달 살기를 끝내고 다시 서울로 돌아왔을 때, 나는 심한 향수병(?)을 앓았다. 제주의 파란 하늘이 생각나고, 제주의 시원한 바람이 생각나고, 제주에서 새로 사귄 친구들이 생각났다. 웃기지도 않게 고향도 아닌 제주에 대한 향수병 증상 때문에 잠 못 드는 날이 많아졌다. 대체 사람에게 고향이란 무엇일까? 제주 한 달 살기를 기점으로 나에게 고향은 물리적인 공간만을 뜻하지 않게 되었다. 고민 끝에 가족들에게 이야기를 꺼냈다.

"우리 제주도 내려가서 살아볼까?"

나의 그 한마디로 우리는 정말 제주에서 살기를 실행에 옮겼다. 물론 먼저 1년 정도만 살아보기로 결정하고, 살 집을 계약했다. 어떻게 제주에게 살게 되었느냐고 물었을 때 나는 이 순간을 자주 언급하는데, 듣는 사람들은 대개 매우 놀란다. 수십 년 살아온 삶의 터전을 그렇게 간단히 정리할 수 있느냐고 묻기도 한다. 당연히 쉬운 일이 아니었다. 서울에서의 모든 일을 정리하는 과정은 큰 스트레스가 되었다. 더욱이 제주의 부동산 거래는 전세보단 월세가 더 많고, 1년 치 월세를 한 번에 지불하는 연세 계약으로 이루어지기 때문에 과연 우리가 잘하는 짓인가 조금은 흔들린 순간도 있었다. 하지만 제주에서 살 수 있다는 기대감이 모든 스트레스를 이기게 해주었다.

훗날 가족들에게 물어봤다. 어째서 제주에서 한 달 살기를 허락했느냐고, 어째서 제주에서 살아보자는 내 의견에 동의했느냐고. 함께 응원해주고, 실행에 옮겨준 가족들 덕분에 내가 제주도에서 살 수 있는 것 아닌가! 가족들은 이렇게 말했다.
"원래 엄마는 생각하고 고민하다 결정하면 추진하는 성격이잖아! 엄마를 믿고 신뢰하니까!"
크, 가족들의 대답이 너무 시원했다. 삶이 아무도 대신 살아주지 않는, 물속에서 오로지 자기 호흡으로만 버텨야 하는 프리다이빙 같다 해도 옆에 공기통 같은 존재가 있다는 것만으로도 꿋꿋하게 버틸 힘이 생긴다.

물론 왕자님과 공주님은 그렇게 행복하게 살았습니다, 로 간단히 끝난다면 인생이 아닐 것이다. 제주에 정착하면서 느낀 것은 우리처럼 나이 먹고, 아무 준비 없이 이렇게 무모하게 제주로 내려온 사람은 없다는 것이다. 제주로 온 도시인들의 얘기를 들어보면 다들 귀농하기 위해 몇 년간 준비하고 기술을 배우고 왔다는데 우리는 그런 준비 없이 무식하고도 용감하게 제주로 내려왔다. 때문에 비록 1년만 살아보자고는 했어도 이주를 위한 최소한의 준비가 무엇인지 잘 몰랐다.
이런 사람들이고 보니, 당연히 우리가 해녀, 해남이 되리라고는 생각하지 못했다. 제주에서 한 달 살기를 할 때 찍어두었던 해녀 잠수복 사진이 훗날 그렇게 의미심장하게 보이리라고는 짐작도 못했다.

......

물이 지니고 있는 속성은 명랑함이다.
파란 물결 초록 물살 심지어 거세게 밀려오는 파도도 그 자체로 명랑함을 담고 있다.
바닷속 깊은 곳 아름다운 물고기 떼들의 유영.
그 명랑함을 담고 싶었다.

가난하고도 풍족한 삶

분명 서울 같은 거대 도시에도 낭만은 있다. 사람이 사는 곳에 낭만이 없을 리 없다. 음악과 문학 같은 예술이, 뜻하지 않은 관계가 자연스레 형성되는 곳이라면 어디든 감상적인 정서가 흐르고 거기에서 삶의 의미가 피어나게 마련이다.

그러나 나는 서울을 수식하는 단 하나의 단어를 꼽자면 '편리함'을 들겠다. 새벽부터 늦은 밤까지 운행하는 지하철과 버스, 한밤중에도 필요한 물건을 구입할 수 있는 압도적인 수의 편의점, 원할 때면 언제든 주문해 먹을 수 있는 배달 음식, 부담 없이 즐길 수 있는 갖가지 문화 공간들에 매력을 느끼지 않기란 정말 어려운 일이다.

그런 서울을 떠나, 나는 제주의 해녀가, 남편은 제주의 해남이 되었다. 편리함이 싫어서는 아니었다. 그저 깨끗하고 아름다운 자연인 제주에, 찰진 물질에 더 매료됐기 때문이다. 포기한 것은 편리함뿐이 아니었다. 경제적인 여유를 상당 부분 놓았다. 문화, 정치, 경제적, 인적 요소가 밀집돼 있는 서울은 당연히 경제활동을 하기에 최적의 환경이다. 내가 운영하던 비즈 사업만 해도 상승세를 타고 있었기에 모든 것을 정리하고 제주에 내려가는 나를 보며 주변 사람들은 죄다 미쳤다고 생각했다.

물론 처음에는 1년만 살아보겠다는 심산이었으나 결국 우리는 망설임 없이 삶의 터전을 옮겨버렸다. 경제적 여유는 반의 반의 반 토막이 났지만 대신 정직하게 몸을 움직여 물질을 하고, 감귤을 땄다. 연세 계약을 했던 집은 셰어하우스로 운영하며 생활비에 보탰고, 제주에 완전히 정착한 뒤에는 셰어하우스 운영 경험을 살려 민박집을 운영하고 있다. 경제적 여유를 포기한 데다 더 고된 노동을 해야 했지만 제주가 주는 자연 풍광, 바닷속 물질이 주는 삶의 역동적인 느낌, 넉넉히 나누고도 더 주려는 이웃의 마음은 지금의 서울 어디에서도 느낄 수 없었다.

때로 한밤중에 프라이드치킨이 먹고 싶을 때면 들기름에 계란을 부쳐 먹으며 아이고 서울이 좋긴 좋아라고 말하기도 한다. 하지만 그것은 말뿐이다. 나는 이미 제주인이 되었을 뿐 아니라 착실하게 해녀의 운명에 순응하고 있었다.

골칫덩어리 집

어디에서 살든 먹고 입는 문제가 해결되면 그다음엔 두 다리 뻗고 잘 공간이 중요해진다. 고된 하루 끝에 편안하게 몸을 뉘어 쉴 공간이 없다면 인간의 삶은 삐거덕거릴 수밖에 없다. 내가 아무리 변화를 두려워하지 않는다 해도 이런 삶의 필수적인 요소까지 가벼이 여기는 보헤미안은 아니었고, 제주를 누구보다 사랑한다 해도 바다에 누워 잘 수는 없었다.

제주에 처음 내려와 어느덧 1년이 흐르고, 우리는 본격적인 제주인이 되기 위해 살 집을 알아보러 다녔다. 제주를 몇 바퀴를 돌았는지 모른다. 바닷가부터 산자락까지 여러 마을을 많이도 다녔다. 어떤 집은 싸늘한 기운이 들어 뒤로 물러섰고, 완전히 폐가가 된

돌집은 을씨년스러운 기운에 몸서리쳐졌다. 우리는 제주 고유의 주거 형태가 유지돼 있으면서도 살 만하게 느껴지는 집을 찾고 있었다. 제주의 주거 형태가 이곳에서의 삶에 필수 요소라는 생각이 들었다.
그렇게 발품을 팔아가며 제주를 몇 바퀴 돌던 중 우연히 지금 살고 있는 서귀포 남원읍의 작은 시골 동네의 집을 둘러보게 되었다. 조금만 손보면 될 정도의 귤밭이 딸린 농가였다. 보자마자 마음에 들었다. 중개업자분이 더 좋은 집들을 보여줬지만 결국 지금 집을 계약했다. 제주가 운명처럼 다가왔듯 이 집도 운명이라고 느꼈다.

아, 이놈의 낭만적인 기질 때문에 우리는 꽤나 고생을 해야 했다. 계약금을 넣고, 자세히 집 안 구석구석을 뜯어보니 보일러관이 누수되고 있었고, 지붕은 빗물이 새며, 벽은 곰팡이로 가득했다. 짐작한 정도보다 한참 심각한 상태에 '멘붕'이 왔다. 이 집이 전 주인과 주민들의 싸움으로 인해 민원이 많은 골칫덩어리 집이라는 걸 알게 된 순간 허탈하기까지 했다. 계약을 잘못한 것 같아 며칠을 엎드려 울었다. 제주를 몇 바퀴나 돌아 드디어 내 집을 찾은 줄 알았는데, 착각이었나 싶었다.
하지만 모든 일은 해결하는 맛이 있었다. 정신을 차리고 남편과 함께 하나하나 문제를 해결해나갔다. 먼저 민원 해결을 위해 시청을 드나들며 자문을 얻었고 골치였던 집 구석구석도 공사를 해가기 시작했다. 여전히 이러저런 문제를 해결하는 중이지만, 우리의 지친 두 다리를 뻗어 마음 편히 쉴 수 있는 공간이 되고 있는 것만은 분명하다. 뿐만 아니라 우리가 머무는 공간을 직접 하나하나 수리해나가면서 더욱 제주에서의 삶에 깊은 애착을 느끼고 있다. 그런 의미에서 보자면 운명처럼 다가온 집이 맞았고, 또 그런 의미에서 보자면 운명은 외부에서 느닷없이 찾아오는 특정한 상황이 아니라 마음속에 있는지도 몰랐다.

심심하니까
학교 다녀봐

제주에서의 삶은 확실히 서울에서의 삶과 달랐다. 푸득푸득 소리에 놀라 허공을 보면 텔레비전에서나 봤던 반딧불이가 방 안을 날아다니고 있었다. 벌떡 일어나 사진을 찍고, 벌레들에게 다음에 또 보자며 말을 거는 호들갑을 한두 번 떨어본 게 아니다. 사람은 또 어떤가. 가깝게 지내는 뒷집 어른신과 길가에서 만나 반갑게 인사를 하면, 알아듣기 어려운 제주말로 말을 거신다.

"먹어찌꺼냐아(먹을 거냐)"

"네에?"

그러면 어르신은 내 표정을 보고 풋 웃으시며 천천히 설명을 하신다. 자세히 들어보면 밭에 심어놓은 것들을 가져다 먹을 거냐고 물어보신 거였다.

"당연하죠!"

신이 나서 어르신을 따라가면 무, 배추, 방울토마토, 버섯을 가득 담아주신다. 우리 두 식구가 먹고도 남을 만큼 넉넉하게 주시며 서울 사람들이 제주에 내려와 살아보겠다는 게 예쁘다고 하신다. 서울에서는 상상도 하지 못했던 풍경과 사람에 나는 자주 어안이 벙벙했고, 곧잘 신이 나서 헤헤헤 웃었다.

이런 제주의 모든 것이 좋아서 우리는 '제주스러움'을 지키려 많은 노력을 기울였다. 제일 먼저 하얀색 철대문을 철거해버리고 제주의 전통 대문인 정낭을 설치했다. 요즘 새로 건축되는 건물의 돌담은 제주식 돌담이 아닌 일본식 견치담 형식이기 때문에, 우리는 제주 전통 돌담으로 집 울타리를 만들었다. 마당에 제초제를 뿌리면 농약이 바다로 흘러 들어갈 수 있다는 말에 제초제도 사용하지 않았다. 부지런을 떨지 않으면 온 집에 잡초가 무성해지기 때문에 우리는 늦봄부터 잡초와의 전쟁을 벌였다.

종일 고무신을 신고 흙일에 열중하다가 잠시 쉬는 시간에 신발을 벗으면 발 꼴이 가관이었다. 제주에서 나고 사신 분들이 보면 웃을 테지만 우리는 우리의 흙발을 기념하고 싶어 사진으로 찍어 컴퓨터 바탕화면을 장식하기도 했다. 사소한 것에 행복이 깃들었다. 지지배배 온갖 새소리를 알람 삼아 아침에 눈을 뜨면, 인공적인 소리는 하나도 들리지 않고 오직 새소리 바람소리와 멍멍 짖어대는 동네 개들의 울림만 들린다. 그럴 때면 남편과 이런 말을 주고받았다.
"남편, 여기 어디지?"
"여기? 제주도!"

제주와 서울이 다른 점 중 하나는 뭐니 뭐니 해도 내가 다닐 학교가 있다는 점이었다. 여기에서 말하는 학교란 바로 '해녀학교'다. 청정한 자연 환경에 놀라고, 인심 좋으신 어른신들께 놀라고, 연세로 계약한 집을 셰어하우스로도 운영해보며 제주에서 1년 살기를 끝낸 뒤 우리는 아예 제주에서 뿌리를 내리기로 결심하고 지금의 집으로 이사했다. 어느 정도 제주생활에 자리를 잡아나갈 때쯤 나는 조금씩 무료해졌다. 바다가 좋아서, 여유가 필요해서, 더 행복해지려고 제주에 내려왔지만 사람이란 적응의 동물이고, 적응하는 순간 처음 느꼈던 신비감과 흥분이 잦아들었다. 너무 조용한 나날만 지나니 조금씩 좀이 쑤시기 시작했다. 그렇게 지내던 중 때마침 공고가 떠서 친구도 사귈 겸, 시간도 때울 겸, 나는 해녀학교를 다니기로 마음먹었다.
내가 다닌 제주시 해녀학교는 매주 토요일마다 수업이 열렸다. 남편은 나를 따라와 매 수업을 청강했다. 이 해녀학교에서 새로운 친구들도 사귀고, 제주해녀 문화도 배웠다. 지금은 정식해녀 입문을 위한 양성 기관이 되었지만 당시만 해도 제주시 해녀학교는 체험학교에 불과했다. 교육과정을 다 마치고 나니 아쉬운 마음이 들었다.

"음, 좀 아쉬운데?"

이 한마디에 남편은 다시 나를 독려했다.

"심심하니까 서귀포시 해녀학교도 다녀봐. 거긴 정식해녀 양성 학교래."

체험으로만 끝나는 게 아니라 양성이라고 하니 경험해볼까 하는 '가벼운 마음'으로 해녀학교에 다시 등록했다. 정말 가벼운 마음이었다. 제주는 이런 내 가벼운 마음을 야단치기라도 하듯 굉장한 무게감을, 기꺼이 두 팔 두 발 벌려 버티고 싶은 무게감을 선사해주었다. 단지 심심해서 다니기 시작한 학교가 또 한 번의 전환점이 되었다. 취미생활로 물속에 들어가던 삶에서 직업적으로 물속에 들어가는 삶을 맞은 것이다. 제주는 무료해하는 우리의 등을 떠밀며 삶의 또 다른 장으로 안내했다.

돌트멍 하우스. 우리 집 이름이다.
돌에 뚫린 구멍, 돌의 틈새를 제주말로 돌트멍이라고 한다.
검은 돌의 틈새로 바라보는 파란 바다, 흰 구름.
그것이 제주다.

2장

저는 제주의 **해녀**입니다

해녀학계의 고학력자

'해녀가 학교도 다녀야 하나?'

해녀학교라는 말을 들었을 때 들었던 솔직한 생각이다. 필수 지식과 전문 기술을 가르쳐주는 곳이 학교라고 생각하면서 해녀의 일에 가르침이 필요하다고 생각하지 못한 것이다. 그러나 나는 전국에서 유일하게 제주도에만 해녀학교가 있다는 말에 혹했고, 다양한 사람이 모여 수업을 듣는다는 말에 혹했다. 지식과 기술도 좋지만 점차 무료해졌던 제주에서의 내 삶에는 다양한 사람이 있다는 사실이 더 중요했다.

제주에는 제주시 해녀학교와 서귀포시 해녀학교 두 곳이 있다. 나는 어쩌다 보니 두 곳을 모두 졸업한 열혈 예비해녀가 되어 있었다. 해녀가 학교도 다녀야 하나 싶었던 사람으로서는 드물게 두 곳의 해녀학교를 졸업한 고학력자(?)가 되었고, 제주에서 살면서 가장 잘한 일을 꼽으라면 망설임 없이 해녀학교에 다녔다는 사실을 든다.

해녀학교에는 해녀체험부터 양성까지 다양한 커리큘럼이 준비되어 있어서 자신에게 맞는 수업을 신청할 수 있다. 해녀체험반 수업은 도 내외 여성, 이주 여성, 외국인 여성, 도 내외 남성 등 심신이 건강하고 물질에 관심이 있는 사람이라면 누구나 입학 신청을 낼 수 있다. 하지만 해녀직업양성반은 해녀를 직업으로 하고자 하는 여성, 신체와 정신이 건강한 여성이어야 하는 조건을 걸고 있다. 해녀가 되고 싶어 해녀학교에 입학하는 사람도 있지만, 취미로 등록하거나 직업의 연장선 또는 해녀문화를 배우고 싶어 해녀학교를 다니는 사람도 많았다. 나처럼 친구를 사귀기 위해 학교에 입학하는 사람들도 꽤 많았다. 다양한 연령과 다양한 직업군을 갖고 있는 사람들이 한곳에 모이니 마치 진짜 학생이 되어 다시 학교에 다니는 기분이 들기도 했다.

처음 바람대로 친구를 만났다는 데에 큰 만족감을 느꼈다. 당시 체험학습을 목표로 했던 제주시 해녀학교 친구들과는 '급벙개'를 자주 가졌다. 함께 수업을 들었던 친구들 대부분은 육지에서 내려와 제주에서 생활하는 타지인이 많았다. 이 친구들과 여름을 불태워 보자는 농담도 주고받으며 의기투합해 여행을 떠나면서 제주의 자연을 마음껏 느끼고 즐겼다. 우리가 여행을 떠났던 곳은 맑고 깨끗한 바다가 눈이 닿지 않는 저 멀리까지 뻗어 있고, 산들바람이 여름 향기를 가득 담고 있는 종달리였다. 등 뒤로는 야자수가 힘껏 자라 있고, 푸르고 높은 하늘, 제주의 오염되지 않은 청정의 자연이 눈 돌리는 곳마다 가득했다. 학교라는 이름이 붙자 우리는 정말 학창 시절로 돌아간 듯한 기분이 들어 어느 순간엔 마냥 즐겁기만 했다. 특히 경상도 특유의 발음으로 내 이름을 '은주'가 아닌 '언주'라고 불러주는 포항 친구 애자를 만날 때면 중고등학교 시절로 돌아간 기분이 들기도 했다.

이렇게 나는 제(해녀)보다는 젯밥(친구)에 더 관심을 기울였으면서도 해녀학교에서 해녀 잠수법, 물질 연습, 현장 실습을 하며 본격적인 해녀문화에 깊이 빠져들었다. 해녀라는 직업이 너무나 매력적이었다. 무엇보다 나는 프리다이빙을 취미로 하고 있었기 때문에 해녀학교 내에서 꽤나 우등생이었다. 이 우등생은 바다 수영과 잠수를 넘어 진짜 해녀처럼 바닷속에 들어가 해산물을 채취하는 것을 체험했다. 그러나 해녀학교를 졸업했다고 해서 무조건 바다 잠수와 해산물 채취가 허용되는 것은 아니었다. 거쳐야 할 나름의 단계가 있었는데, 나는 하루라도 빨리 해녀로 입문하고 싶었다. 공동체 의식이 강한 정식해녀가 된다면 멋질 것이라 생각하게 되었다. 그런 과정에 나는 열혈 예비해녀가 되어 있었고 이 표현만큼 나를 잘 설명해줄 수 있는 말이 없게 되었다. 해녀 세계에 대한 열망은 점점 제 덩치를 키워갔다.

졸업식 그리고 또 다른 입학식

우리나라가 초고령화 사회가 되어서일까. 요즘 텔레비전을 보면 노인들을 주인공으로 한 다양한 프로그램이 방영되고 있다. 노인들끼리 모여 여행을 떠나기도 하고, 노인들이 주축이 돼 젊은이들과 함께 외국에서 밥집을 차려 장사를 하기도 한다. 모두 젊은 시청자의 좋은 반응을 얻었는데, 이유가 무엇일까 생각해보니, 이 프로그램에 나온 노인들은 시대 변화에 반응한다는 점이 아닐까 싶다. 시대 변화에 반응한다는 건, 평생 새로운 것을 배우겠다는 마음가짐으로 산다는 뜻과 같다. 비록 몸이 쇄락해가도 계속해서 배우는 사람은 정신마저 쇄락하지는 않는 것이 분명하다.

그런 의미에서 나는 제주시 해녀학교와 서귀포시 해녀학교에 다니며 새로운 세계를 배웠던 데에 큰 자부심과 즐거움을 느낀다. 내가 비록 그 텔레비전 프로그램들의 등장인물들처럼 중노인은 아니지만 서울에서 계속 살았더라면 배움의 자세보다는 '현상 유지'를 위해 애쓰는 노인의 길에 접어들었을지도 모른다.

처음 입학했던 제주시 해녀학교는 5월에서 8월 동안 매 토요일에 수업이 열렸고 나는 누구보다 열심히 수업에 참석했다. 정식해녀 양성이 아닌 체험을 기반으로 한 학교였지만, 모든 수업이 즐거웠다. 그리고 눈 깜짝할 사이에 졸업이 다가왔다. 해녀학교의 졸업식은 일반 학교의 졸업과는 많이 다르고 신선했다. 여느 때처럼 오전에는 바다에서 물질 수업을 했고, 해가 저물 무렵 학교 마당에서 졸업식이 열렸다. 그동안 함께 수업을 들은 친구들을 주인공으로, 마을의 해녀분들과 졸업한 선배들이 한마음으로 졸업을 축하해주는 시간을 가졌다. 단 한 가지 아쉬움은 제주시 해녀학교는 졸업을 해도 정식해녀 입문으로 연결되기는 어렵다는 점이었다. (2017년부터 양성반이 신설되었다고 한다.)

결국 얼마 뒤 나는, 이번에도 남편의 권유로 직업해녀를 양성하는 서귀포시 해녀학교에 다시 입학했다. 체험이 아닌 진짜 해녀를 양성하는 곳이라 마음가짐이 사뭇 달라졌다. 인턴해녀를 거쳐 정식해녀 입문까지 돕는 곳이라 더더욱 잘해야겠다는 마음이 앞섰다. 두 해녀학교의 수업 방식도 많이 달랐다. 서귀포시 해녀학교는 모든 것을 '인증샷'으로 기록하는 게 특징이었다. 빠른 수업 진행을 위해 출석도 단체사진으로 찍어 제출했다. 현장학습 시간에는 항상 시작 전과 끝에 사진을 찍어 기록으로 남겼다. 교감선생님의 아이디어가 돋보이는 시스템이었다.

처음에는 사진 찍는 것이 어색해 모두 뻣뻣한 자세였지만, 시간이 지남에 따라 모두 각자의 개성을 살려 즐겁게 사진을 찍었다. 매주 육지에서 제주로 오가며 개인의 시간과 돈을 들여 봉사해준 조남용 교감선생님의 열정 덕분에 매 수업을 즐겁게 받을 수 있었다.

해녀학교에서의 배움이 아니었다면 내가 과연 해녀 세계에 관심을 기울였을까? 아니 해녀로 살아보겠다는 용기를 낼 수 있었을까? 불가능했을 것이다. 친구 한번 사귀어볼까 싶었던 마음은 새로운 것에 대한 배움으로 이어졌고, '서울 출신'인 나에게 해녀가 될 수 있는 공평한 기회를 주기까지 했다. 생각지도 않았던 해녀가 되었듯이 무언가를 배우겠다는 마음가짐만 있다면 내 인생에 어떤 장이 펼쳐질지 짐작도 할 수 없다. 나는 그 사실만 생각하면 가슴이 뛰고 기분이 좋아진다.

인턴해녀
김은주입니다!

모든 시작에는 끝이 있듯이, 입학이 있으면 졸업이 있다. 하지만 모든 끝은 다른 시작으로 이어지듯이 졸업과 동시에 '인턴해녀'의 삶을 시작했다. 누군가에게는 인턴해녀라는 말이 굉장히 낯설게 들릴지도 모르겠다. 보통 인턴이라고 하면 도시의 어느 고층 빌딩 한 사무실의 복사기 앞에 서 있는 젊은이만을 떠올릴지도 모르지만, 해녀도 어떤 직업군보다 전문직인바 인턴 과정을 거쳐야 한다. 서귀포시 해녀학교에서는 해녀 양성을 위해 졸업한 해녀들 중 희망자에 한해 각 마을 어촌계에 인턴해녀를 파견한다. 말 그대로 '인턴'이다. 해녀학교 졸업 후 인턴 과정을 앞두고 서귀포시와 해양수산부 그리고 각 마을 어촌계장님과 잠수회장님이 모여 예비 인턴해녀의 면접을 본다. 설명회를 통해 실전을 앞두고 있는 인턴해녀의 정책을 설명하는 자리로, 각자의 위치에서 이야기를 나눴다. 다만 자기가 속해 있는 어촌계에서 인턴을 원하지 않는 경우에는 다른 마을의 어촌계에서 인턴생활을 하는 경우도 있는데, 이러면 인턴이 끝나도 정식해녀가 되지 않을 확률이 높아진다. 이는 수산업협동조합법에 마을 어장에서 물질을 하기 위한 조건이 그 마을에 살고 있는 것으로 되어 있기 때문이다.

나는 서귀포의 남원읍 신례리 소속 공천포의 인턴해녀로 소속되었다. 점점 사라져가는 해녀의 전통을 잇기 위해, 씩씩한 아기해녀로 거듭나리라 다짐했다. 다짐을 할 때 나는 정말 비장했다. 인턴해녀 기간을 끝낸다고 모두 정식해녀가 되지는 않았기 때문에 마음을 단단히 다잡았다. 누군가는 인턴 교육이 힘들어 그만두기도 하고, 누군가는 헤녀들과 잘 어우러지지 못해 떠나기도 했다. 인턴해녀는 교육 시간을 칼같이 엄수해야 할 뿐 아니라 해녀 선배들을 존경하는 마음을 품어야 한다. 그리고 현존하는 해녀 대부분이 나이 지긋한 어르신이다 보니 궂은일을 솔선수범하는 마음의 여유도 필요하다. 내가 살고 있는 작고 아담한 마을의 공천포 해안가. 두근거림과 설렘을 안고 첫 출근을 준비했다.

"남편! 내 가방 어디 있지?"

"남편! 내 휴대폰 못 봤어?"
"남편! 나 뭐 입고 가?"

아침부터 계속 남편을 찾으며 분주하게 굴었다. 내가 얼마나 들뜨고, 정신없는지 잘 보여주는 아침이었다. 해녀학교를 졸업한 뒤 인턴해녀로 파견을 나가다니, 진짜 해녀가 된 것 같아 가슴이 두근거렸다. 제주해녀가 되기 위해서는 우선 어촌계에 가입을 해야 한다. 하지만 그 절차가 만만치 않다. 역시, 제주해녀는 아무나 되는 게 아니었다.

마을에 따라 다르지만 오랜 기간에 걸쳐 조합비가 조성되어 있는 곳도 있으며, 어촌계 조합비와 수산업협동조합(수협)의 조합비가 상당하고, 설령 조합비를 낸다고 해도 해녀 간에 분배되는 소득이 줄어들까 염려해 신규 가입을 꺼리는 경우도 많았다. 마을마다 차이는 있지만 해당 마을에 1년 이상 살아야 하거나, 매년 60일 이상 물질에 종사한 경우에만 가입 자격이 부여된다. 이는 마을마다 조건이 다 다르기 때문에 해녀가 되고자 하는 사람은 꼼꼼하게 잘 살펴보아야 한다. 이런 과정을 꼭 거쳐야 하는 이유는 해녀 교육을 받았다 하더라도 어촌계에서 받아주지 않으면 직업해녀로 활동할 수 없기 때문이다. 인턴 기간이 더욱 중요한 이유가 바로 이 때문이었다.

"나 간다! 나 걱정하지 마! 잘하고 올게!"

"걱정 안 해~. 다녀와!"

믿어주는 남편이 고맙기는 했지만 내 가슴은 두근두근거렸고, 긴장되다 못해 허공에 붕 뜬 기분으로 첫 출근의 테이프를 끊었다.

……

해녀가 된 나를 따라 같이 해남이 된 남편.
우리 부부는 하루의 반은 바다에서 산다.

나의 첫 해녀잠수복

때로 예비군 훈련을 받고 귀가하는 우리나라 남자들을 보면 궁금했다. 아니 저 사람들은 평소에도 저렇게 껄렁껄렁 건달처럼 하고 다닐까? 저렇게 모자를 비뚜름하게 쓰고, 바지에 두 손 딱 찔러 넣고, 담배를 입 끝에 살짝 꼬나물고 지나가는 사람들을 못마땅한 눈으로 바라볼까? 어느 날 우연히 한 신문기사를 보고 무릎을 탁 쳤다. 사람이 어떤 옷을 입는가에 따라 심리와 행동에 변화가 일어나는데, 예비군 훈련에 참석하는 남자들이 그렇게 시시껄렁한 사내처럼 행동하는 이유는 예비군복이라는 유니폼에 인물과 학력이 가려져 심리적인 하향평준화가 일어난다는 것이다.

한 가지 더 재미있는 실험 결과도 읽었다. 어떤 옷을 입느냐에 따라서 업무 성과도 달라진다고 한다. 외국의 한 학자들이 주의력을 테스트하는 실험에서 의사의 흰색 실험실 가운을 입은 사람들은 가운을 입지 않는 사람들에 비해 실수를 절반 정도만 저지른 것으로 나타났다고 한다.
나는 유니폼이 그저 의사, 군인, 간호사, 은행 직원들처럼 특정 공간에서 신분을 바로 드러내거나 집단적인 결속력이 필요한 조직에서 입는 옷이라고만 생각했지 이렇게 심리적으로 큰 영향을 미친다고는 짐작하지 못했다. 그러나 생각해보면 아주 단순한 사실이다. 장소에 어울리는 좋은 질의 세련된 옷을 입었을 때 나 역시도 어느 때보다 자신감이 넘치니 말이다. 유니폼은 그 사람의 직업과 소속을 드러내기도 하지만 정체성과 심리를 좌우하기도 하는 놀라운 물건이다.

이 놀라운 물건 중 하나가 내게 도착했던 순간을 기억한다. 공천포 어촌계 해녀 소속. 내 이름 '김은주' 앞으로 대한민국 제주도 해녀의 고무옷이라 불리는 공식 다이빙 슈트가 도착한 것이다. 내게 이 다이빙 슈트는 의사 가운 같은 화이트칼라직의 유니폼보다 훨씬 강력한 힘을 발휘한다. 이 고무옷을 입으면 내가 어느 때보다 특별한 존재가 된 기분이 든다. 예비군 훈련장의 남성들이 심리적으로 하향평준화된다면 해녀복을 입은 내 심리는 상향평준화되는 셈이다.
사실 해녀복을 정식으로 처음 본 것은 해녀학교에서 해녀박물관

견학을 갔을 때이다. 당시 나는 해녀복에 깊은 인상을 받았다. 우리 조상들은 물소중이와 물적상을 입고 물질을 했는데 물의 저항을 최소화하기 위해 평소 의복보다 길이가 짧고 간단한 옷을 입었다. 해녀복을 보며 우리 조상들의 지혜에 얼마나 감탄했는지 직접 해녀복을 만들어보고 싶을 정도였다. 그런데 이제 내가 최신 해녀복을 직접 입어보게 됐으니 그 흥분을 말해 무엇할까.

사라져가는 문화유산의 지킴이라는 생각이 강해질수록 마치 사회 고위층을 상징하는 슈트를 입은 것처럼 자존감과 자부심이 치솟고 마냥 즐거워진다. 아직은 햇병아리 '아기해녀'로 불리지만 서울 태생인 내가 제주해녀로서의 입문을 앞두고 있다는 것은 생각만으로도 가슴 뛰는 일이다.

앞으로 해녀 일을 배워나가며 짠물을 얼마나 더 마시고 토해야 할지 모른다. 하지만 어느 유니폼보다 '폼' 나는 해녀복을 입고서 공천포의 아기해녀에서 제주를 대표하는 '젊은 해녀'로 거듭나고 싶다.

물질 연습

좋아하는 일을 직업으로 삼는 것은 즐거운 일일까? 가령, 책을 좋아하는 사람이 책을 쓰는 사람이 되어 유명 작가가 되면 행복할까, 아니면 계속 독자로서 책을 읽어야 행복할까? 쉽게 대답할 수 없는 질문이다.

처음 프리다이빙을 시작했을 때 나는 목욕탕 물속에 들어갔다가 유레카를 외친 아르키메데스처럼 희열에 넘쳤다. 어머, 물속이 이렇게 매력적인 곳이었던가! 나는 왜 이제야 이 물속 세상을 알게 되었을까! 공기통도 없이 물속에 들어가 자신만의 호흡으로 잠영을 하다니 정말 멋져! 짜릿했다. 마냥 즐겁기만 했다.
하지만 해녀로서의 물질은 달랐다. 꽤 힘들었다. 한두 번 연습한다고 실력이 확 늘지 않았다. 프리다이빙과 해녀의 물질은 사뭇 다르다. 프리다이빙을 할 때는 1미터 정도의 기다란 롱핀을 사용하는데, 해녀의 물질을 할 때는 숏핀을 사용하니 영 불편한 게 아니었다. 힘도 두세 배 든다. 특히 바닷속 깊이 입수를 할 때는 머금고 있는 공기를 급속도로 소비하게 돼 호흡이 달리기도 한다.
호흡법도 많이 다르다. 프리다이빙을 통해 배운 호흡법은 최대한 많은 공기를 머금고 오랫동안 바닷속에서 있도록 하는 방법이다. 해녀의 호흡법은 장시간 바다에서 지내야 하고, 쉼 없이 바닷속을 들락거려야 하기 때문에 다이빙 호흡법과는 달리 적당량의 공기를 사용하며 호흡하고 머금은 공기의 70퍼센트만을 소비해 물 위로 올라와야 한다.
또 가장 큰 차이는 물속에 있는 시간이다. 다이빙은 한 시간 정도 즐긴 뒤 충분한 휴식을 취하지만, 해녀들의 물질은 기본 네 시간에서 다섯 시간 쉼 없이 지속된다. 덕분에 한 번 물질을 다녀오고 나면 하루가 너무너무 지치고 힘들어 귀가하자마자 녹초가 되어버린다. 육체적으로 고역이기에 해녀들의 숫자가 점점 줄어드는 게 아닐까 싶을 정도이다.

하지만 내가 누구인가. 물속에서 다시 삶의 활력을 찾은 사람 아닌가. 아무리 몸이 힘들고 지쳐도, 바다에 들어간다는 게 너무 신나고 좋기만 하다. 힘들고 고된 일이지만 해녀 선배님들과 더불어 최선을 다 하고 있는 것이다. 그렇게 물질을 같이 하고 나오면 삼촌(해녀 선배)들은 내가 잡아온 소라 양을 확인하시곤 항상 잘한다, 잘한다, 칭찬을 해주신다. 해녀를 처음 시작하는 초보해녀를 '아기해녀'라고 부르는데, 삼촌들은 나를 "아가야, 은주야" 부르시며 예뻐해주신다. 행여 서울에서 내려와 해녀를 하겠다는 나를 고깝게 보지는 않을까 걱정했는데, 괜한 염려였다. 바다에서 멀미하거나 구토할까 걱정해주시고, 물속에서 일하는 동안에도 수시로 살펴주셨다. 바다 일에 적응하느라 물 위 태왁에 매달려 쉬고 있노라면 힘들면 들어가 쉬라는 따뜻한 말씀도 많이 해주신다. 나는 인턴이니까, 아직 아기해녀니까 그런 걱정과 보살핌이 한편으론 당연하다고 생각했는데, 물질을 하면서 동료 해녀를 챙기는 일이 얼마나 힘든 일인지 나중에야 깨달았다.

오십 다 된 내가 태왁에 매달려 아기처럼 말한다.
"삼촌, 힘들어요."
그러면 여든 다 된 삼촌이 딱하다는 눈으로 보며 말씀하신다.
"그만 들어가 쉬어라. 고생했다."
나는 가장 젊고 생기 넘치는 아기해녀로서 다시 기운을 내 말한다.
"아니에요! 같이 마무리해요!"

나는 해녀 할머니들, 해녀 선배들을 '삼촌'이라고 불렀는데 '해녀 삼촌'은 해녀를 높여 부르는 말이다. 우리가 흔히 쓰는 '아줌마' '아저씨'와는 표현이나 느낌이 전혀 다르다. 나는 해녀 할머니들을 삼촌이라 부르며 어리광도 피우고, 모르는 것도 물어보고, 어깨너머로 배우고 익히며 인턴생활을 이어나갔다. 당시에는 몰랐던 굉장한 관심과 보살핌을 받고서 그 시간을 견딘 것이다. 그러니 누군가 좋아하는 일을 직업으로 삼으면 어떠냐고 묻는다면, 나는 기꺼이 말하겠다. 즐거워요! 감사하고요!

인턴해녀의 찰진 물질

때로 내가 왜 이제야 해녀가 됐는지 의아해질 때가 있다. 넘실대는 바다만 봐도 당장 뛰어들고 싶은 마음이 꿈틀거린다. 바다만 생각해도 웃음이 나고, 바닷물에 몸을 담글 생각을 하면 가슴이 뛰기 시작한다. 전생이 있다면 나는 분명 물고기였거나, 상상의 동물이 실존한다면 나는 사람으로 잘못 태어난 인어가 틀림없었다.

사실 이상한 일이다. 물질은 정말 무척 고되고도 고되기 때문이다. 인턴해녀로 일을 시작하고 며칠 뒤 아침 물질을 끝냈을 때 내 몸은 물 먹은 솜처럼 축 늘어졌다. 집에 어떻게 왔는지도 모르게 도착하자마자 쓰러져서 저녁 8시까지 내리 잤다. 아직 물질에 익숙해지지도 않았고, 한번 물에 들어가면 장시간 작업이 이어지기 때문에 체력이 말도 못 하게 소모된다. 체력의 한계를 느낄 때마다 해녀삼촌들이 신기해 보이기만 했다. 어떻게 그 연세가 되도록 물질을 계속하시는 걸까? 나는 왜 삼촌들만큼 체력이 좋지 않으면서도 물질의 매력에서 헤어 나오지 못하는 걸까?

해녀삼촌들이 칠십, 팔십에도 물질을 하실 수 있는 이유는 엄청나게 부지런한 일상을 보내기 때문이다. 이른 새벽부터 귤밭에서 일하시고, 바다 물일 시간에 맞춰 물질을 나오신다. 물질 후 집으로 돌아가 집안일까지 뚝딱. 도시에서는 워킹맘의 고된 일상이 이슈가 되겠지만, 나는 이곳 제주에서 '물질맘'들의 빡빡한 일상을 이슈로 삼고 싶다. 그야말로 슈퍼우먼들이 따로 없다. 제주에 처음 왔을 때 나는 여유로운 일상을 꿈꾸었는데, 단단히 착각하고 있었던 것이다. 삼촌들은 놀랍게도 평생을 부지런히 몸을 움직이며 살고 계셨다.

공천포 인턴해녀로 여섯 번째 물질을 하는 날이었다. 일이 끝나면 다시 물 먹은 솜이 될 거면서, 내가 해녀 자격으로 제주바다에 들어간다는 사실을 생각하니 감격스럽기만 했다. 물론 나는 한낱 인턴. 인턴 과정이 끝날 때까지는 바다에 들어갈 수 있어도 직접 해산물을 채취할 수는 없다. 채취 대신 해산물의 상태, 바닷속 지형의 느낌, 물의 온도, 수심 등을 체크하며 하나하나 배워갔다. 내 인턴 과정에 선생님 역할을 맡으신 잠수회장님은 74세의 해녀 삼촌이셨다. 잠수회장님의 보살핌으로 안전하게 여섯 번째 물질을 마치고 달콤한 휴식을 취했다. 정말이지 달콤했다. 대 자로 누워 뻗어 있는데, 잠수회장님이 오래된 듯한 망사리의 찢긴 부분을 수선하고 계셨다. 나는 그 모습이 기이하기도 하고, 놀랍기도 해서 한참을 잠수회장님을 바라봤다. 그런데 잠수회장님만이 아니었다. 다른 해녀삼촌들도 힘들지도 않은지 모두 망사리를 손보고 계셨다. 아니 삼촌, 안 피곤하세요? 누워서 좀 쉬어야 하지 않을까요? 물론 해녀삼촌들이 망사리를 손보는 데에는 다 그만한 이유가 있었지만, 그 모습에 그들의 삶 전체가 깃든 듯한 인상에서 헤어 나올 수 없었다.

해녀는 강인한 제주 여성의 표상이다. 해녀삼촌들은 대체로 어린 시절부터 빨래, 청소는 물론 땔감 구하기, 해산물 캐기 등의 집안일을 도맡아 했고, 어머니를 따라 바닷물을 넘나들며 자연스럽게 물질을 시작하셨다. 성장 과정에서 이러저러한 고된 노동에 길들여지는 것이다. 이른 나이에 가장이 된 할머니도 많아 가정 경제를 책임지기 위해 온갖 노동과 물질을 마다하지 않는 삶을 살아오신 것이다. 그러한 삶을 아흔이 다 될 때까지 지속한 우리 해녀삼촌을 보니 더 존경스러운 마음이 가득했다.

삼촌들이 이러한데 아기해녀인 내가 물질 연습에 게으를 수야 없었다. 비록 물질 후에는 대 자로 뻗을지라도 나는 끝없이 연습했다. 그제도 연습, 어제도 연습, 오늘도 연습. 나는 바다가 허락하는 한 매일 연습했고 앞으로도 그럴 작정이었다. 더욱이 나는 바다에서 물질 연습을 하고 노는 게 마냥 신이 난다. 마치 해녀가 되기 전의 삶은 내 삶이 아니었던 듯이 말이다. 내가 언제 일을, 그것도 생업으로 삼은 일을, 더욱이 수입이 그리 녹록치 않은 일을 하면서 이렇게 신이 났었는지 그야말로 까마득했다.

삼촌들은 오늘도 물질 연습을 하는 내 모습을 보며 말씀하신다.

"너는 바다가 그리 좋으냐?"

나는 깔깔깔 웃으며 잔뜩 잡아온 불가사리를 장난감인 양 머리 위에 얹었다.

"네, 정말 바다가 좋아요. 이제야 제대로 살고 있는 기분이에요."

그 무엇도 가리지 않는 바다

"삼촌, 안녕하세요!"

"오냐~. 오늘도 재미나게 연습했냐?"

"네에. 그럼요!"

인턴해녀로 물질 8회 차가 되었을 때 나는 더욱 신이 났다. 연습은 할수록 재미있고, 할수록 늘었다. 누구보다 물질 연습에 적극적이었고, 물질을 하지 못하는 날에는 그만큼 아쉬움이 컸다.

해녀라고 하면 원할 때에 아무 때나 바닷물에 들어가, 대충 원하는 해산물을 채취한다고 생각하는 사람도 있겠지만 현실은 전혀 다르다. 해녀는 기본적으로 한 해 60일 이상의 조업 일수를 채워야 한다. 60일이라는 숫자가 적게 느껴질지 모르지만 시시각각 달라지는 바다 풍경과 계절의 영향을 생각하면 결코 적은 일수가 아니다. 갑자기 거센 바람을 동반한 비가 오거나 파도가 높은 날은 물질을 할 수 없으니, 물질을 하려고 모였다가도 허탕을 치곤 했다. 인턴해녀도 이 일수를 채워야 하기 때문에 나는 꾸준히 물질 연습을 했다. 부지런히 연습하다 보면 조업 일수도 채워지고, 물질 실력도 늘리라는 마음으로 인턴생활을 해나갔다.

나는 지치지도 않고 바다에 들어갈 궁리를 했다. 바다 날씨, 해녀 물질 일정을 다 고려해야 하기 때문에 매일 들어갈 수 없는데도, 늘 어떻게 하면 바다에 들어갈 수 있나 궁리를 한다.

어느 날은 물질조업이 없어, 해녀삼촌께 개인적으로 물질 연습을 하고 싶다고 말씀드렸다. 해녀학교 동기이자 대평리에서 살고 있는 친구와 공천포 바다에서 허락을 받고 물질 연습을 하기도 했다. 두어 시간 물질 연습을 한 뒤 밖으로 나오면 우리 모습을 멀리서 지켜보며 웃고 계시는 해녀삼촌들이 계셨다. 감사했다. 바다는 모두에게 공평하게 열려 있는 것 같아도, 해녀 세계는 나름의 규율이 엄격해서 다른 마을의 해녀까지 물질 연습을 허락한다는 게 쉬운 일은 아니었다.

물론 바다 자체는 우리 마을 사람, 이웃 마을 사람을 가리지 않는다. 사람뿐 아니라 오물도, 쓰레기도 가리지 않고 그대로 받아들인다. 단지 바람에 따라, 중력에 따라 흐르거나 요동치면서도 항상 그 자리에 있는다. 받아들이고 흐르고, 받아들이고 흐르는 것이 바다의 속성이기에 하루는 이 바다가 몹시도 고마워서 청소를 하기로 했다.

해녀들의 마음은 모두 같은 걸까. 해녀학교 친구들에게 공천포 앞바다를 함께 청소하지 않겠냐고 했더니 하나둘 모두 그러겠노라고 연락을 해왔다. 물질 연습을 허락해주신 삼촌들께도 감사했고, 그 무엇도 가리지 않고 받아들여주는 바다도 고마웠다. 우리는 공천포 밖의 사람들과 함께 청소를 해도 좋을지 어촌계장님, 잠수회장님, 해녀삼촌들의 허락을 받고서 청소를 시작했다.

방이나 사무실을 청소했을 때와는 사뭇 다른 기분을 뭐라 표현해야 할까. 생태계를 보호하기 위한 활동이니 뭐니 하며 거창한 의미를 들먹일 필요가 없었다. 누구나 자기 삶의 터전이 청결하길 바라듯 해녀는 바다 상태가 건강하고 해변이 깨끗하길 바랄 뿐이다. 청소를 마치고서 친구들과 프리다이빙을 하며 즐거운 한때를 보냈다. 바다가, 우리를 더욱 자신의 일부로 받아들여주는 듯해 고맙고 뿌듯했다.

.....

나는 천성이 명랑하다.
힘들어도 슬퍼도 명랑의 힘이 그것들을 물리쳐준다.

설레는 변화

나에게 변화란 언제나 설렘을 안겨준다. 증권인의 삶을 살다가 사업가가 되고, 또 이렇게 누구도 예상치 못한 해녀의 삶을 사는 것만 봐도 나란 사람이 얼마나 변화를 갈망하는지 새삼 깨닫게 된다. 이런 성향은 어떤 일에 필요한 장비를 대할 때도 마찬가지이다. 해양스포츠용 장비가 점점 발전하고 새로워지고 있다. 업그레이드된 장비를 사용하면 이전에는 생각지도 못했던 즐거움과 편리함을 누릴 수 있다.

그런데 왜 제주해녀는 몇십 년 전의 장비를 그대로 사용할까? 이상하고 궁금했다. 나는 현재 해녀분들이 사용하는 철물점표 오리발을 사용하고 있다. 이 전통(?) 해녀 오리발을 쉽게 구입할 수 있는 장소는 전문 스포츠 용품점이 아닌 철물점이다. 아마도 예전부터 이런저런 해녀 장비가 잡화처럼 여겨져 동네 철물점에서 판매되고 있었던 것 같다.

문제는 다른 마을의 어촌계 해녀들은 요즘 새로 나온 오리발을 많이 사용하는데 우리 공천포 해녀들은 그간 사용해온 오리발 이외의 오리발을 사용하는 데에 상당한 거부감을 느끼신다는 것이다. 연세가 있으시기 때문일 수도 있고, 그저 오래 사용해온 장비가 익숙하고 편해서일 수도 있다. 나도 삼촌해녀들을 따라 한동안 같은 오리발을 사용했다.

하지만 역시 너무 짧고 무거워서 사용할 때마다 여간 불편한 게 아니었다. 특히 수심이 깊은 곳에 들어가기 위해서는 더 많은 에너지를 사용해야 하는데 해녀 오리발로는 한계가 있었다. 짧은 이 오리발로 수심 20미터 이상 들어간다는 대상군(인품과 실력이 가장 뛰어난 등급의 해녀)의 실력은 정말 대단한 것이다.

나는 결국 눈에 거슬리지 않는 선에서 기존의 오리발과 같은 검정색의 신제품 오리발을 구입했다. 업그레이드된 오리발을 착용하고 발차기를 하니 물 위를 슝슝 날아다니는 기분이었다.

프리다이빙을 할 때는 롱핀을 사용했다. 길이가 1미터 정도 되는 기다란 오리발을 사용하면 수심이 깊은 곳에 들어가기 용이한데 이 장비를 해녀 물질에 사용할 수는 없었다. 해녀 오리발은 숏핀에 해당되는 작은 사이즈였는데, 신품으로 바꾸고 나니 발차기가 훨씬 수월해서 무척 좋았다. 신입해녀가 물속에서 여유를 찾게 된 것이다.

내가 이 신품 오리발을 착용하고 너무 즐겁게 바다를 헤집고 다닌 탓에 우리 공천포 해녀회에 큰 변화가 생겼다. 이제 한두 분 빼고는 전부 형형색색의 알록달록 오리발을 착용하신다.

역시 모든 변화는 타인의 시선을 두려워하지 않고 먼저 움직이는 이들에 의해서 시작된다. 비록 인턴해녀였지만 타고난 기질을 버리지 못하고 꿈틀거린 덕분에 모두 전보다 훨씬 효율적으로 물질을 할 수 있게 되었다. 변화가 발전으로 이어지는 것만큼 보람찬 일이 있을까. 마음 같아서는 갈수록 연로해지는 우리 삼촌해녀들의 발에 모터라도 달아드리고 싶었다.

해녀 인준

어렸을 때 홍콩 무협 영화가 유행한 적이 있다. 명절이 되면 단골 손님처럼 무협 영화가 텔레비전 채널을 장악했고 딱히 즐길 것이 없던 시절이었기에 지난 명절에 본 영화를 보고 또 봤다. 망나니 같지만 자질만은 충분한 주인공이 무림의 고수 사부를 만나 온갖 구박을 다 받아가며 무술을 연마하고 마지막에 라이벌 사제를 무찌르는 것이 주요 줄거리였다. 제자인 주인공은 무술만 연마하는 일이란 없다. 밥, 빨래, 청소 등 모든 궂은일을 도맡아 하면서도 정식 수련 시간은 따로 있지도 않다. 뿔이 난 주인공은 사부에게 대들기도 하고 가출도 하지만, 결국 밥, 빨래, 청소인 줄 알았던 모든 잡일에 알고 보니 수련의 요소가 들어가 있었다는, 이 진부한 클리셰에 언제나 매료됐다.

나도 인턴해녀 기간 동안 마음이 꽤 불안했다. 물론 무협 영화의 주인공처럼 궂은일을 도맡아 하는 처지는 아니었지만 열심히 물질을 연습하고, 계절 변화에 따라 달라지는 바닷속 풍경을 인지할 때마다 정식해녀가 될 수 있을까 하는 조바심이 났기 때문이다. 이런 조바심 속에서도 해녀삼촌들의 숙련된 물질을 어깨너머로 배우고, 물질 도구와 정비 방법을 배우며 인턴기간을 열심히 보내고 있었지만 이 시간이 정말 길다는 생각이 잦아졌다.
하지만 시간은 성실히 흘렀다. 마침내 6개월이라는 인턴 기간이 끝나고 기다리고 기다리던 '그날'이 왔다. 전날부터 잠을 잘 수가 없었다. 조급해하던 마음과 달리 너무 긴장되고 떨려서 쉬이 수면의 나락으로 빠져들 수 없었다. 다름 아닌 우리 공천포 어촌계 총회가 열리기 때문이었다. 총회 안건에는 아기해녀 인준 건도 포함되어 있었다. 개회식을 거쳐 국민의례, 개회사, 감사 보고를 마친 뒤 마지막에 아기해녀 김은주의 정식해녀 인준 건을 논하기로 돼 있었다. 인턴해녀로 일하면서 한결같이 기다려왔던 시간이 드디어 찾아온 것이다.

총회가 개최되자 두근두근, 두근두근 계속 심장이 뜀박질쳤다. 해녀들과 많은 어촌계원이 이야기를 나눈 끝에 나는 모두의 찬성으로 정식해녀 인준을 받았다. 비로소 인턴해녀 신분이 끝! 공천포의 새 아기해녀! 제주의 정식해녀가 된 것이다! 인준을 받은 순간 너무 기뻐 춤을 추고 싶었다. "난 해녀다! 제주도 해녀다!" 소리치며 방방 뛰고 싶었다. 그 정도로 기뻤다. 해녀학교 1기 졸업생 중 나는 첫 해녀가 되었다. 큰 책임감이 느껴졌다. 초심을 잃지 않기 위해 부던히 노력해야 했다.

얼마 뒤 정식해녀로서 첫 행사를 맞았다. 우리 어촌계에서 가장 큰 행사인 용왕수신제였다. 해녀들은 올 한 해도 안전한 물질을 기원하고, 풍요하게 해달라고 바다에 제를 지냈다. 안타까운 점은 해녀들이 고령화되면서 수신제를 지내는 마을이 점점 줄어들고 있다는 사실이다. 제주의 정식해녀가 되고 보니, 이런 공식 행사들이 허투루 보이지 않았고, 우리 전통 속에 담긴 정신과 의미를 꾸준히 지키고 유지해야 한다는 생각이 들었다. 수신제 과정 하나하나를 예의 주시했다. 잘 배워두었다가 후대의 해녀들에게 알려줄 의무가 있었다.
어촌계의 공식 행사이니만큼 용왕수신제에 필요한 여러 준비를 해녀들이 맡았다. 나는 삼촌들과 함께 장보기에 나섰다. 막내인 나는 벗이자 매니저인 남편을 데리고 마트로, 재래시장으로, 부지런히 움직이며 장을 보았다. 수신제에 필요한 떡국용 가래떡을 함께 둘러 앉아 열심히 썰고, 계란 지단을 만들고, 부지런히 삼촌들을 따라 밑 재료를 준비했다. 바쁜 와중에도 열심히 사진을 찍고, 삼촌들 말씀을 녹음하기도 하며 수신제 준비를 기록하고 기억하느라 몸도 마음도 참 바쁜 날이었다.

수신제가 시작되었을 때 나는 기도했다. 우리 해녀삼촌들이 모두 건강하기를, 우리와 오래도록 함께하실 수 있기를, 제주 바다가 늘 안전하고 풍요롭게 우리를 지켜주기를, 무엇보다 내가 늘 처음 마음을 잃지 않고 수련하는 겸허한 자세로 물질에 임하길 간절히 기원했다.

.....

제주 정식해녀 인준을 받은 순간 너무 기뻐 춤을 추고 싶었다.
"난 해녀다! 제주도 해녀다!" 소리치며 방방 뛰고 싶었다.

성게의 계절

"아침에 7시까지 나와라~."

해녀삼촌 중 한 분이 말씀하셨다. 7시라니, 이 시간은 내겐 너무 이른 새벽이었다. 하지만 7시까지 탈의장에 도착해보니 해녀삼촌들이 이미 일을 시작하고 계셨다. 이른바 '해녀타임'이었다. 더욱이 7시까지 나오라는 말은 7시부터 일을 시작한다는 뜻이었기 때문에 6시에는 나와야 한다는 말이었다. 해녀삼촌들은 6시에 나와서 성게작업을 하기 위한 그늘막을 설치하고 이미 작업을 시작하신 것이다. 새삼 7월의 아침 햇볕이 남다르게 느껴졌다.

해녀가 되기 전 내게 7, 8월은 여름휴가의 계절이었다. 산으로 갈지, 바다로 갈지 등으로 즐거운 고민을 하는 계절이 바로 이 여름이었다. 그러나 해녀가 된 뒤로 7월은 성게의 계절이었다. 삼촌들은 성게작업을 물질 작업의 완결판이라고 표현했고, 실제로 나도 이 성게작업을 통해 해녀로 거듭났다.

성게작업은 해녀의 노동 중에서도 육체적 한계를 요할 만큼 고된 노동이고 공동작업이 아니라 선택작업이었다. 이 일이 무척 힘들기 때문에 성게작업을 안 하는 해녀삼촌도 계시다. 하지만 나는 바다일이라면 열일 뒤로하고 무조건 참여하기 때문에 모든 해녀 조업에 함께했다. 성게작업을 하면서 때론 지각생이지만 늘 씩씩하게 인사를 하며 작업을 시작했다.

"다들 일찍 나오셨네요. 제가 늦었죠! 저 뭐부터 해요?"

성게작업은 고난도 기술이 요구된다. 일일이 성게를 반으로 가르고, 작은 손가락으로 한 알씩 속을 꺼내야 한다. 어떤 것은 속이 노랗고 어떤 것은 주황빛을 띠는데, 조금씩 맛이 다르다. 작업하다 지겨워지면 한 입, 입이 심심하면 한 입씩 휘저어 먹기도 한다. 작업 내내 쭈그리고 앉아 있어야 해 허리도 아프고, 무릎도 아프고, 손마디도 아프고, 가시에 찔리기라도 하면 얼마나 욱신거리는지 모른다.

"아이고고, 저 죽어요. 삼촌들은 안 힘드세요?"

"우리도 힘들지이이~. 힘들다 힘들다 하면 더 힘드니까."

"으앙, 삼촌 저 또 가시에 찔렸어요!"

"은주야, 조심 또 조심!"
이렇게 나의 엄살로 작업장은 더욱 시끄러워진다.

성게는 채취하는 일도 만만치가 않다. 바다에서의 성게 채취는 주로 수심 3~5미터 내에서 작업이 이루어진다. 대부분의 사람은 낮은 수심에서 작업을 하니 훨씬 편하리라고 생각하지만 낮은 수심 때문에 오히려 체력 소모가 더 크다. 수심이 낮은 곳은 보통 작업 때보다 부력이 강해서 슈트와 연철을 똑같이 착용해도 물속에 들어가자마자 물 위로 다시 잡아당겨지는 느낌을 받는다. 그래서 연철을 더 착용하지만 그래도 성게를 한두 개 잡자마자 물 위로 떠오르려는 부력과 싸우고 나면 집에 와서 몸살을 앓는다. 물속에 들어가려고 하면 떠오르고, 집중해 작업하려고 하면 떠오르는 느낌이 계속 신경 쓰여 이만저만 불편한 게 아니다.
성게는 주로 바위틈이나 돌 아래에 자리 잡고 있다. 해녀들의 물질 도구인 호맹이로 성게를 끄집어내어 채취한다. 해녀들은 성게를 꺼내려 하고 성게는 가시로 바위 사이에서 버티려 하기에 힘을 잘못 조절하면 성게가 깨져버린다. 그러면 주변에서 눈독 들이고 있던 물고기들이 달려들어 깨진 성게에서 나오는 성게알을 호로록호로록 먹어버린다. 처음에는 물고기들의 그 모습이 신기하고 귀여워서 일부러 성게를 깨 물고기에게 주기도 했다. 하지만 물고기들과 계속 놀고만 있을 수 없기에 열심히 바위틈을 뒤집어 성게 채취에 열을 올린다.

잔뜩 가시를 세우고 있는 성게작업을 마칠 즈음에야 손끝이 아파 손을 들여다보면 성게가시가 손끝에 검은 점처럼 박혀 있다. 한두 개면 다행이고 심할 때는 대여섯 개가 박히기도 한다. 물론 이 모든 것이 익숙하지 않은 작업에서 오는 결과이기도 하다.
손끝에 박힌 성게가시는 유독 욱신욱신하는 통증을 준다. 성게가시가 박혀 생긴 통증은 죽어서도 느낀다고 할 만큼 고통스럽다. 특히 손톱 밑이나 손톱의 경계 부분에 가시가 박히면 그 고통은 말로 표현하기 힘들 만큼 끔찍하다. 물속에 있을 때는 손이 불어서 그 고통을 잘 못 느낀 채 작업하지만 뭍에 나와 손이 마르고 나면 통증이 절정에 다다른다. 나는 엉엉 우는 소리를 내며 말한다.
"아파요, 삼촌! 손끝이 너무 아파요!"
아기해녀인 막내가 이렇게 엄살을 부리고 있자면 삼촌들은 어두운 눈으로 돌아가면서 가시를 빼주시려 애를 쓰시지만 (안경은 돋보기 하나를 돌려가며 쓰신다) 결국 해결책으로 해녀들의 민간요법을 알려주시는 데 그친다. 그 방법은 아침에 눈을 떠서 첫 소변을 볼 때 가시 박힌 부분에 본인의 따뜻한 소변을 묻히거나 담그면 성게가시가 녹거나 스르르 빠져 나온다는 것이다.

"에잉, 그걸 어떻게 해요."
민간요법을 쓰기에는 참으로 민망하여 한참을 망설이며 고통을 참았지만, 가시가 박힌 손끝이 워낙 욱신욱신하게 아프다 보니 해녀들의 민간요법을 실천하기로 마음먹었다. 은밀하고 조용하게 휘리릭.
"우와, 완전 신기방기! 따뜻한 느낌과 함께 손끝의 고통이 사라지는걸!"
성게가시 자리가 덜 아프다 싶더니 가시가 쉽게 빠지기까지 했다. 역시 오랜 시간 동안 전해져오는 해녀의 지혜가 빛을 발휘하는 순간이었다. 이렇게 쉽게 고통이 사라지다니! 물론 병원에서 처치를 받는 것도 좋은 방법이라고 생각하지만 옛 어른들의 지혜가 삶 속에 녹아 있다는 것을 깨닫는 경험이었다. 물론! 이 손을 깨끗이 소독한 후 식사 준비를 했다는 건 남편에겐 비밀. 소변으로 민간요법을 실천했다는 것도 비밀! 모르는 게 약이지! 어쩌면 이렇게 옛말은 틀린 게 없고, 옛 조상들의 지혜는 이렇게도 효과적일까.

성게가시를 빼고 좋다고 웃는 나를 보고 해녀삼촌들도 웃으신다. 그 웃음 속에는 그간 내게 수없이 하신 말씀이 담겨 있다.
"미쳤어. 왜 좋은 직장 다 때려치우고 이 힘든 일을 하는지 모르겠다! 미쳤어, 미쳤어~."

그래, 나는 미쳤다. 물속에 미치고, 물질에 미치고, 제주에 미쳤다.
할 수만 있다면 평생 이 상태로 계속 살고 싶다.

배알로!
배알로!

하늘이 어둡고 바다가 어둡다. 이렇게 하늘과 바다가 어두운 날은 바다에 드는 마음이 유쾌하지가 못하다. 휴양지로 여행을 왔는데 종일 비만 내리는 날씨를 맞이한 것 같은 느낌이랄까.
맑은 햇살이 비쳐야 바다가 투명하게 빛나고 바람이 잔잔해야 깨끗한 그 속살을 보여주는데 오늘 같은 이런 날씨에는 괜히 우울해진다. 그러나 바다에 들 때 우울함은 금물! 속으로 파이팅을 외치며 바다로 향한다.

바다에 들기 전에 입방정은 금기다. 파도가 잔잔해서 좋다느니, 날이 쾌청해서 좋다느니, 오늘 물건 좀 많이 잡아볼까 등의 입방정을 놀리면 영등할망(제주에서 '영등할망'은 풍신(風神, 바람신)과 풍농신(豐農神)을

뜻한다. 육지의 해안 지방에서는 풍신의 개념이 강하지만 제주 지역에서는 해산물이나 농작물의 풍요로움을 가져다주는 풍농신으로 더 알려져 있다) 이 화가 나서 바람이 거세지고 파도가 세지니 부정이라도 탈까 입단속을 하는 것이 해녀의 불문율이다.

이런 날씨에 조류의 흐름과 너울을 견디며 가슴이 타들어가는 듯한 갈증과 조여오는 듯한 가슴을 진정시키며 물질하기는 힘들다. 잠시 태왁을 붙잡고 휴식을 취했다. 그때 조금 떨어져 있는 해녀의 다급하게 외치는 소리가 들렸다!

"배알로! 배알로!"

이 소리가 들리면 주변을 살펴보기도 전에 다 같이 "배알로! 배알로!" 하며 침착하고 조용한 목소리로 동시에 외치게 된다. 주위를 둘러보며 살펴보면 어김없이 수십 마리의 돌고래 떼가 물질 자랑을 하듯이 첨벙첨벙거리며 해녀 주위를 빙빙 돌고 있는 것이다.

제주의 남방큰돌고래는 해녀와 친하게 지낸다고 한다. 제주 일부 지역에서는 해녀가 물질을 하는 동안 해녀와 함께 노는 돌고래가 있다고도 한다. 그러나 바로 내 옆에 자리 잡고 텀벙거리는 돌고래는 생각보다 너무나 덩치가 크고 속도가 빨라서 혹여 부딪히기라도 하면 크게 다치기 때문에 항상 조심해야 한다. 그리고 돌고래들이 사냥을 하면서 지나가면 꼭 뒤에 피 냄새를 맡고 상어가 따라오기 때문에 돌고래가 나타나면 조심해야 한다고 해녀삼촌들이 입을 모아 말씀하신다. 그래서 해녀들은 일제히 소리를 모아 외친다.
"배알로! 배알로!"
배알로라는 말의 뜻은 물 위에 떠 있는 해녀들의 배 아래로 지나가라는 뜻이다.

연세 많으신 삼촌들은 커다란 돌고래가 가까이에서 지나가지 않고 주변에서 놀자는 듯 빙빙거리며 간격을 좁혀오자 "한쪽으로 모이자!"라고 하셨고 해녀들은 바다 위에 삼삼오오 모여서 돌고래들이 지나가기를 기다리길 바라며 계속해서 외쳤다.
"배알로! 배알로!"
돌고래들은 한곳에 모여 있는 우리 주위를 빙빙 돌며 텀벙 첨벙 점프를 하고 도무지 갈 생각을 안 했다.
삼촌들께서는 "아이고야 아이고야, 무사(왜) 안 가냐!" 소리를 내시지만 나는 이 돌고래들을 보는 순간 힘들었던 모든 것이 싹 사라지는 기분을 느끼면서 좀 더 가까이 돌고래에게 다가가고 싶었다. 나의 영혼은 이미 돌고래와 함께 바다를 누비고 있었다. 한 마리의 인어공주가 된 듯이.
"은주야! 정신 차려랏!"

무의식중에 해녀들이 모여 있는 무리를 슬그머니 빠져나와 돌고래로 향하고 있는 나를 향해 외치는 해녀삼촌들 소리에 나는 허걱 놀라며 정신을 차렸다.
'아~ 이쁜이들아, 함께 다이빙하면 좋은데. 아아~ 얘들아, 계속 함께 있자꾸나.'
돌고래들은 한참을 해녀들과 놀기를 희망했으나 좀처럼 상대해주지 않자 한 마리씩 먼 바다를 향해 가기 시작했다. 끝까지 멋지게 마지막 점프를 보여주면서.

돌고래가 사라지자 잠수회장님의 지시로 다 함께 물 밖으로 이동했다. 돌고래가 지나간 바다는 물건이 없다며 상어를 대비해야 한다고 하셨다. 요즘 제주 앞바다에서 상어가 발견되었다는 보고가 있었기 때문이다. 온난화 현상으로 상어 소식이 점점 들려오는 중이었고 예전에 상어를 보셨던 삼촌들의 기억이 우리를 물 밖으로 나가게 하는 것 아닌가 싶다.
망망대해에서는 해녀의 숫자와 위치가 너무나 중요하다. 그 넓은 바다에 혼자서 물질을 하면 심리적으로 엄청난 압박을 받기 때문이다. 그래서 해녀들은 바다에서 서로 의지하고 살펴준다. 싸움이 나서 원수지간이 되어도 바다에서는 위험을 대비해 살펴주어야 하는 것이 해녀들의 바다생활이다.

……

돌고래와 함께 넓은 바다를 여행하는 상상을 해본다.
명랑 돌고래들이 아름다운 목소리로 나를 부른다.
나는 이미 그 아이들과 함께 세상에서 가장 아름다운 바닷속을 여행하고 있었다.

오늘은 돌고래 때문에 다 같이 바다에 모여서 서로를 지키고 살피는 과정을 겪으면서 바다에서 함께 일하는 해녀들의 공동체 의식이 더욱 단단해진 하루였다. 육지에서는 힘없고 늙은 노인일지 모르지만 바다에서는 그 세월만큼 풍부한 경험과 지식으로 커다란 버팀목이 되어주는 나의 해녀 선배들을 더욱 존경하고 사랑하게 된 하루다.

보고 싶어요

바다의 삼총사! 내가 이렇게 부르는 녀석들이 있다. 첫째 전복, 둘째 홍해삼, 셋째 돌문어. 이 녀석들은 가격도 잘 나가고 귀하고 맛나고 영양도 가득하기 때문에 바다에서 만나면 기쁨과 즐거움을 선물해주는 귀한 해산물이다. 물질을 나가서 이 삼총사를 전부 잡아 오는 날이면 한마디로 수지맞은 날이다. 요즘 말로 대박.

큰 호흡을 머금고 깊은 물속에 들어가 이리저리 돌트멍(돌틈)을 살펴보다 순간 깜짝 놀란 적이 있다. 문어의 동그랗고 노란 눈과 마주친 것이다. 문어는 대체로 예상치 못한 순간에 만나기 때문에 그 노란 눈과 마주치면 깜짝 놀라곤 한다.
물속에서 숨을 멈추고 있는 상태에서 놀라면 머금고 있는 공기를 급속하게 소비하게 되며 자칫 숨을 내뱉는 경우가 생기기 때문에 주의해야 한다. 또한 문어는 워낙 똑똑해서 눈이 마주치면 삼엄한 경계 태세를 갖추기 때문에 문어를 잡기 위해서는 한 방에 호맹이로 눈 사이를 찍어내던가 머리를 뒤집어 죽여야 한다. 이 또한 눈 깜짝할 시간 안에 해야지 머뭇거리다가는 문어에게 선수를 빼앗겨 돌트멍에서 문어를 잡아끌고 나오기 힘들다. 물론 힘으로 하다 보면 빼낼 수 있지만 다리가 잘리고 머리가 잘리면 상품 가치가 없기 때문에 의미가 없다.

나의 문제는 이 문어가 너무 귀엽게 느껴진다는 것. 물속에서 문어와 눈이 마주치면 영화 〈슈렉〉에 등장하는 귀여운 고양이 눈망울이 생각나서 잡을 수가 없다.
"언니, 나 잡을 꼬야? 안 잡으묜 안 돼여?!"
왜 나에게는 문어의 이런 혀 짧은 목소리가 들리는 듯한지 알 수가 없다. 덕분에 나는 문어를 발견하면 열 번 중에 네다섯 번은 그냥 놓아준다.
그런데 오늘은 전복도 떼고 홍해삼도 잡았다. 이제 문어만 잡으면 삼총사를 다 잡아내는 그랜드 슬램 달성! 일타삼피! 기필코 문어를 잡아서 오늘을 기억하리라.
구석구석 문어가 살 만한 집터를 기웃거리기를 한 시간. 드디어 문어의 다리 끝이 살짝 보이는 문어 집을 발견했다. 위치를 확인하고는 바다 위에서 준비하고 심호흡을 한 뒤 호맹이도 단단히 붙잡고 문어 집을 향해 돌격하였다. 두둥!

그런데…. 이 녀석이 눈이 마주쳤는데도 도망도 안 가고 그냥 그렇게 제자리를 지키고 있는 게 아닌가. 왜지? 왜 이 녀석은 다른 녀석처럼 돌트멍 깊숙이 도망가지 않지?

찬찬히 살펴보니 문어가 있는 곳 돌트멍 위로 하얗고 자그마한 주머니 같은 것이 와다다닥 달려 있는 것이 아닌가. 아하, 이 녀석은 엄마로구나. 순간 많은 생각이 떠올랐다.

문어는 산란한 후에 암컷이 6개월 정도 알을 지키다 결국 숨지는 운명의 삶을 산다. 그러니 아무리 그랜드 슬램 달성에 욕심이 있어도 같은 엄마의 입장에서 알 품은 문어를 잡는다는 것은 마음이 허락하지 않았다.

알을 지키지 위해 해녀의 손길도 피하지 않는 엄마 문어의 목숨을 건 행동에 우리 엄마의 모습이 떠오르기도 했다. 내가 태어나서부터 자라는 과정 그리고 돌아가시기 바로 전까지 나를 사랑으로 돌봐주시던 어머니의 모습 말이다. 죽음을 앞두고도 새끼들을 위해 헌신하는 문어 엄마.

오늘은 그랜드 슬램을 기분 좋게 포기하고 이총사로 물질을 마무리했다. 삼총사를 달성하지 못해 아쉬운 마음은 들지만 그 이상의 뿌듯한 마음이 가득하다. 엄마의 사랑을 다시 한 번 깨달은 하루이기 때문이다. 지금은 하늘나라에 살고 있는 엄마.

엄마가 무척 그리운 날이다.
보고 싶어요, 엄마….

모든 것이 낡아버린 세계

내가 소속되어 있는 공천포 해녀 탈의장과 성게작업장은 무척 노후되어 있다. 햇볕을 가려줄 마땅한 그늘막도 없어서 작업을 시작하려면 그 전에 미리 최소한의 그늘막을 만들어놔야 한다. 그늘막은 해가 떠서 더위가 몰려오기 전에 만들어두는 게 포인트다. 해녀삼촌들은 무섭지도 않으신지 높은 곳에 올라가 그늘막을 설치하신다. 그 모습을 볼 때마다 정말 아슬아슬해서 심장이 쪼그라들곤 한다.

"삼촌 조심하세요! 그건 제가 할게요!"

한번은 높은 곳에 올라가시려는 삼촌을 말렸다. 칠순을 훌쩍 넘긴 분들이 잘못해 넘어지기라도 하면 큰 사고로 이어지기 쉬우니 조심 또 조심해야 했다. 부식이 심한 발판과 사다리를 타고 올라가 그늘막을 설치하는 과정은 위험천만하기에, 이런 험한 일을 함께 해줄 해줄 청년들이 그립고, 설치작업에 노련한 아저씨들(?)이 그리워지기도 한다. 해녀삼촌들과 그늘막을 설치하기 위해 아침 일찍 바쁘게 움직이다 보면 금세 기운이 떨어져 나는 삼촌들에게 응석을 부리기도 한다.

"아고고, 삼촌들은 안 힘드세요? 우리 조금만 쉬었다 할까요?"

그늘막 부재뿐이랴. 탈의장과 성게작업장 등 노후되지 않은 시설이 없다. 마치 거친 풍파를 헤쳐온 우리 삼촌들의 모습처럼 하나같이 삐꺼덕거린다. 한참 성게작업을 하는 철에는 장맛비까지 내려 이 노후 상태로 인한 피해가 최고조에 이른다. 좁고 낡은 성게작업장에 비가 들이닥치면 최악의 상황이 벌어지는데, 성게와 성게알에 민물이 섞이면 안 되기에 때문에 우리는 정신이 없어진다.

"돈물이 솎이면 존부 녹아버리주게!"(민물이 닿으면 녹아버리듯 삭는 느낌이 나서 상품이 안 돼!)

나는 해녀삼촌들과 장맛비에 대비해 성게작업장도 보수하고 비가 작업장으로 들이치지 못하게 비닐을 내렸다. 태풍과 바람에 비닐이 찢겨 날아가지 못하도록 무거운 돌로 지지대까지 만들어놨다.

성게작업장을 전쟁터라고 표현한다면 해녀 탈의장은 쑥대밭이라고 표현해야 어울린다. 반복되는 바쁜 일정에 탈의장은 점점 지저분해지기 마련이다. 탈의장 청소를 도맡아 하는 나이지만 일에 치이다 보면 소홀해질 수밖에 없고 결국 쑥대밭 지경에까지 이르는 것이다. 아무리 비닐로 막고, 정리를 해도 노후된 시설을 인력으로 보수하고 사용하기가 만만치가 않다. 때로 만감이 교차한다. 모든 어촌계가 우리 공천포 어촌계처럼 열악한 환경에서 일하는 것은 아니기 때문이다. 빈익빈부익부, 이 세상만사를 좌우하는 진리가 해녀의 삶에도 적용된다고 생각하니 씁쓸한 마음이 들었다.

어촌계에는 특히 빈익빈부익부 현상이 강하다. 어촌계는 국가지원사업을 해야 시설도 확충하고 수입도 올릴 수 있는데, 이때 30퍼센트는 자부담을 한다. 부자 어촌계는 자부담 걱정이 없어 사업을 많이 따오는데 반해, 가난한 어촌계는 자부담이 부담스러워 사업을 따오기 힘들다. 덕분에 부자 어촌계는 더 부자가 되고, 가난한 어촌계는 더 형편이 힘들어진다. 쑥대밭인 탈의장을 청소할 때면 이런 현실을 피부로 느끼게 된다.

엄살과 묵묵함 속에서 작업을 하다 보면 어느덧 제주의 푸른 바다는 붉고 아름다운 노을로 물들어 있다. 붉은 하늘을 배경 삼아 바닥에 나뒹구는 성게껍질과 작업물을 후다닥 정리하고, 집으로 발걸음을 옮긴다. 성게작업이 끝이 나려면 한동안 내내 매달려야 했다. 때로 며칠간 비가 내리면 휴식이 주어지기도 한다. 남편은 이참에 쉬라고 하지만 수련 기간을 마치기는 했어도 아직은 미숙한 아기해녀가 마냥 뒹굴거릴 틈이 어디 있나.

"남편! 탈의장이랑 목욕탕 청소하러 가자!"

기운을 잃지 않고 일하는 해녀삼촌들, 궂은일 마다하지 않고 나와 함께해주는 남편 해남이 있기에 가난하고 낡아버린 이 세계에서도 초라하지만은 않다.

서로에게 의지하며

'쿨하다'는 것은 다른 말로 '개인적'이라고도 표현할 수 있을 것이다. 사람과 상황에 매달리거나 골몰하지 않고 맺고 끊는 걸 적절하게 잘한다는 뜻으로 해석할 수 있다. 이 쿨하다는 표현만큼 해녀 세계에 어울리지 않는 말도 없다. 해녀의 일은 기본적으로 협업이 많기 때문에 무엇보다 다른 이와 함께하는 상황이 중요하다. 많은 협업 중에서 대표적인 것을 꼽으라면 단연 '공동조업의 날'이다. 공동조업은 전체 해녀가 함께 해산물을 채취하고, 거기에서 나온 수익을 해녀 회비로 사용하는 것이다. 해녀삼촌들은 워낙에 바지런하시지만 공동조업을 하는 날에는 특히 누구 하나 요령을 피우거나 게으르게 행동하지 않는다.

어느 공동조업의 날이었다. 유난히 파도가 세서 걱정이 앞섰다. 갯가에서의 작업은 굉장히 위험하다. 수심이 낮아서 편할 것 같지만 파도가 센 날은 파도에 밀려 갯바위에 부딪치기라도 하면 큰 사고로 이어지기도 한다. 제주는 화산섬이라 바위가 날카롭다. 예전에도 고령의 해녀삼촌이 파도에 밀려 갯바위에 부딪혀 갈비뼈가 부러진 사고가 있었다고 한다.

나는 상군해녀삼촌과 남편 해남과 함께 서쪽을 맡았다(내가 정식해녀가 된 뒤에 남편은 인턴해남으로 물질을 하고 있다). 이 서쪽 바다는 넓은 여(바닷속의 계곡)가 형성되어 있어 파도가 길고 센 곳이며 수확한 소라를 옮겨야 하는 바닷길도 제일 먼 곳이다. 때문에 상군과 젊은 우리가 배정되었다. '상군'이라는 말에서 이미 느낄 수 있지만, 해녀는 숨 길이와 잠수 깊이에 따라 대상군, 상군, 중군, 하군, 똥군으로 계급이 나뉜다. 상군은 수심 15미터 이상 내려갈 수 있고, 중군은 8~10미터, 하군은 5~7미터, 똥군은 수심 1미터 이하에서 주로 작업한다. 똥군은 해녀 지망생 중에 물질을 전혀 못하거나 나이가 지긋하신 최고령 삼촌들이 맡는다. 그리고 대상군은 상군 중에서도 기량이 특출하고 덕망이 높은 해녀를 가리켜 말한다. 우리 같은 신참들은 상군해녀삼촌들이 알려주는 대로 물질에 동행하는 것이 상식이다.

상군삼촌의 지도하에 내가 열심히 소라를 잡아 올리면 인턴해남은 그 소라를 포대에 담아 짊어지고 길고 긴 바닷길을 걸어서 옮긴다. 상군삼촌은 소라를 잡아 올리는 내 힘을 믿고, 나는 이 소라를 옮기는 해남의 힘을 믿고, 우리는 기본적으로 상군삼촌의 연륜과 실력을 믿는다. 이렇게 힘든 일을 서로에게 의지하고 매달려 안전하게 끝마치는 것이다. 그러므로 해녀인 나는 전혀 쿨하고 싶지 않다. 삼촌들과 해남의 소중함에 질척대며 더욱 기대고 싶다.

……

물질이 끝나도 계속 이어지는 일. 전복과 소라를 수협에 납품해야 한다.
오늘 우리 공천포 앞바다의 수확은 얼마나 될까. 마음에 담을 양식들도 확인한다.

아기 뿔소라는 다시 바다로

태어난 지 얼마 안 된 아기 뿔소라들이 갯가로 마실을 나왔다. 태풍이 불어 흙탕물이 바다로 유입됐고, 어린 소라들이 흙탕물을 피해 갯바위 위쪽으로 피신한 것이다. 어린 소라를 잡아 깊은 바다로 보내기 위해 해녀들이 전부 모였다. 뿔소라는 해녀들의 가장 큰 수입원이지만 6, 7, 8월은 뿔소라의 산란기로 분류돼 금채기라 이때는 다른 해산물을 잡는다. 금채기를 통해 무차별적인 채집을 금하고, 바다 생태계를 보존하려는 해녀들의 마음이 느껴지는 기간이다.

그렇다. 또다시 해녀 공동조업의 날이다. 본의 아니게 갯가까지 나온 아기 뿔소라들을 응당 있어야 할 깊은 바다로 되돌려 보내주어야 한다. 갯바위 위쪽으로 아기 뿔소라들이 피신한 덕분에 지난해보다 소라를 잡아 깊은 바다로 옮겨주는 작업이 더 힘들고 고되었다.
갯바위에서는 파도가 거칠기 때문에 작업의 난도가 물속 작업보다 더 힘들고 위험하다. 각 3조로 나뉘어 1조는 할망해녀들이 작업할 수 있는 수심이 낮고 안전한 중앙, 2조는 수심과 파도가 적당한 동쪽, 3조는 작업 난도가 높은 서쪽 바다로 이동해 각자의 일을 시작했다. 낮은 수심에 센 파도, 울퉁불퉁한 바위들이 즐비한 서쪽은 모두가 작업을 피하고 싶은 곳이다. 난 상군해녀와 한 조가 되어 서쪽 작업장을 맡았다. 오리발 없이 걸으며 아기 뿔소라를 줍는 작업이었지만 소라를 줍기만 하면 되는 상상 속의 만만한 작업은 아니었다.
소라가 보이면 반사적으로 잠수를 해 소라를 줍고, 파도가 밀어붙이기라도 하면 뒤로 밀리고, 발이라도 헛디디면 파도에 내동댕이쳐져 바닥을 구르고, 바위에 부딪히고, 물멀미까지 한다. 나는 몇 번의 구토로 탈진 직전까지 갔다. 빙글빙글 어지러워 갯가로 나와 넋 놓고 주저앉았다. 함께 작업하던 상군해녀가 뒤따라 나와 걱정스럽게 등을 두드려주며 물었다.
"많이 힘들어?"
"아니요, 괜찮아요! 힘든데 재밌어요!"
정말이다. 아무리 힘든 일도 다 배우는 과정이라고 생각하면 재미를 느낀다. 더욱이 욕심 부리지 않고 아기 뿔소라를 바다로 내보내는 의미 있는 일에 나 혼자 힘들다고 주저앉을 수는 없는 노릇이었다.

금채기간에 공동조업으로 아기 뿔소라를 깊은 바다로 내보냈다면 채집기간에 수확한 다 큰 소라는 개개인이 따로 뜨는 작업을 해야 한다. 소라 뜨는 날은 해녀와 가족들(남편과 자녀)이 함께한다. 각자의 망사리에 며칠분의 소라를 바다에 담가 보관했다가, 수협 차가 오는 날에 맞춰 소라를 옮기는 작업을 해야 하기 때문이다.

이른 아침부터 부지런히 사람들이 모여들었다. 물때에 맞춰 소라를 주차장 위까지 옮기는 일은 물질만큼이나 힘들다. 울퉁불퉁한 길을 무거운 소라를 지고 나르는 일은 고되고도 위험하다.

해녀삼촌들은 소라를 뭍으로 끌어올릴 땐 장판을 이용한다. 장판을 자른 것과 끈으로 만들어진 도구를 '팡'이라고 한다. 이 팡을 등에 짊어지고 소라를 옮기시는데, 그 도구를 팡이라고 부르는 이유는 아직도 잘 모른다. 제주말이 어려운 데다 연세가 많으신 삼촌들이 사용하는 도구들의 이름이 발음대로 구전으로 전해지다 보니 시간이 지나면서 전혀 다른 발음이 되기도 한다. 해녀 일이 익숙하지 않은 나 역시 삼촌들이 사용하시는 팡을 이용해 소라를 옮겼다. 60킬로를 번쩍번쩍 지어 나르시는 해녀삼촌들에 비해, 나는 30킬로 내외로 소라를 간신히 옮겼다. 소라를 옮길 때마다 나도 모르게 신음 소리가 새어 나왔다.

"야이야, 그래서 오늘 다 날라지겠냐."

"으으, 땅속으로 꺼질 것 같아요."

나의 엄살 아닌 엄살에 모두 웃으신다. 그 와중에 해녀삼촌 중 한 분의 남편께서 시 한 수를 읊으셨다.

"술 마시러 가는 길은 천국 가는 길 같고 소라 뜨러 가는 길은 지옥 가는 길 같다."

이 시 한 수에 다 같이 한참을 웃었다. 고된 작업이 그 순간만큼은 가볍게 느껴졌다.

수협 차가 도착하면 해녀들은 뭍으로 옮긴 개개인의 물건(소라)을 한곳에 모아둔다. 수협차가 내어준 30킬로 분량의 소쿠리에 물건을 담아 해산물들의 킬로수를 잰다. 소쿠리에는 맑은 물에서 정직하게 길어낸 수확물이 새근새근 숨 쉬고 있다. 자신의 노동의 결과에 감사해할 줄 아는 해녀삼촌들의 모습이 인상적이고, 고된 노동 중에서도 웃음을 잃지 않는 여유가 존경스럽다.

나는 우리 공천포 바다가 한없이 사랑스럽고 좋다. 해녀삼촌들과 함께여서 좋고 내가 공천포 식구여서 더 좋다. 순간의 욕심에 굴하지 않고 아기 뿔소라를 깊은 바다로 내보내는 지혜가 감탄스럽고, 시대가 아무리 강퍅해져도 공동으로 이 힘든 세계를 일구어내는 그 정신이 아름답다. 내가 이 지혜와 정신을 제대로 이어갈 수 있다면 얼마나 좋을까.

옆 마을

망장포

에메랄드빛 바다, 하얀 백사장, 제주 하면 떠올리는 바다 풍경이다. 그러나 제주가 화산섬이라는 것을 말해주듯 제주만이 가지고 있는 화산이 만들어낸 검은 자갈, 검은 모래 해변이 있다. 그곳이 바로 공천포이다. '물맛이 좋은 샘물을 바친다'는 뜻의 지명인 '공샘이(貢泉昧)'가 '공천포'의 어원이라고 한다. 과거 공천포의 샘물은 관청에서 준비하는 제사에 올렸다고 할 만큼 맑았다고 하니, 물이 귀한 섬사람들에게 이곳 공천포 해안에서 솟아나는 용천수는 무엇보다 소중했을 것이다.

나는 누구보다 이 공천포를 사랑하고, 공천포의 해녀임이 몹시 자랑스럽다. 어쩌다 다른 지역에 가서도 검은 모래가 빛나는 깨끗한 공천포를 생각하면 미소가 지어지고, 공천포의 해녀삼촌들을 생각하면 방긋 웃음이 날 정도이다.

하지만 고기국수만큼은 옆 마을 망장포의 것이 단연 최고다. 가끔 망장포 해녀들이 식사 자리에 초대해주시는데, 그날은 어김없이 국수 파티가 있는 날이다. 커다란 냄비에 삶은 고기 육수와 국수 맛은 누가 뭐래도 일품이다. 특히 해녀 사회에서는 옆 마을 해녀들과 이렇게 좋은 친분을 유지하고, 서로 초대해 식사 자리를 갖는다는 건 정말 어려운 일이다. 그렇기에 국수 파티가 있는 날에는 고마운 마음이 크게 느껴진다.

망장포와의 교류는 고기국수에서 그치지 않는다. 늘 갯물질만 하는 공천포와 달리 망장포는 갯물질과 뱃물질을 병행한다. 갯물질은 갯가에서부터 수영으로 먼 바다까지 나가 물질을 하는 것이고, 뱃물질은 배를 타고 먼 바다로 나가 바다 위로 점프해서 하는 물질을 말한다. 망장포에서 아기해삼 3만 마리를 종묘작업 하는 날이었다. 제주 홍해삼의 새끼들을 바다에 종묘하여 3~4년 뒤에 성장한 해삼으로 수확하기에 굉장히 의미 있는 작업이었다. 바다의 자연을 지키고 관리하는 일도 해녀의 일이기에 종묘작업은 매우 의미가 깊었다.
나는 공천포 해녀이기에 뱃물질 경험은 없었다. 아쉬운 마음에 잠수회장님께 뱃물질을 해보고 싶다고 말씀드렸더니, 이날 어촌계장님께서 해삼 종묘작업에 초대해주셨다. 배도 태워주시고 해삼 종묘작업까지 함께 해볼 수 있는 아주 좋은 경험이었다. 씨를 뿌리듯 아기 해삼들을 조금씩 나눠 방류했다. 물속으로 꼬르르 가라앉은 녀석들은 무럭무럭 크고 자랄 터였다. 물론 개중에 일부는 작은 새끼들이라 물고기밥이 되기도 하고, 불가사리에 잡아먹히기도 하겠지만 끝까지 살아남아 바다를 풍요롭게 해줄 새끼들이 있을 것이다.
해삼 종묘는 공천포에서도 해봤지만 배를 타고 나가기는 처음이었고, 뱃물질 또한 처음이었다. 배 위에서 바다로 겁 없이 뛰어드는 해녀들의 모습이 너무 멋졌다.

자기만의 생각이나 한 조직 안에만 머무는 건 참으로 위험하고 안타까운 일이다. 내가 공천포 해녀의 삶에만 만족했다면, 옆 마을의 해녀 사회에 무관심했다면 놀라운 고기국수 맛도 보지 못했을 테고, 뱃물질이 무엇인지 제대로 경험하지 못했을 것이다. 서울에서 제주로 내려왔듯이, 공천포에서 망장포로 유영하듯이 옮겨가며 경험해보길 정말 잘했다. 이후로도 나는 한곳에 머무르는 삶을 살지 않을 것이다. 한곳에만 머무르지 않겠다는 마음, 그 생각은 앞으로 내가 제주를 더욱 사랑하게 해주는 강력한 힘이 될 것이다.

힘차게 바닷속으로 들어가는 홍해삼 새끼들에게 말했다.

"무럭무럭 커서 3년 뒤에 만나자!"

3년 뒤에 나는 더욱 자유로우면서도 성숙한 해녀가 돼 있을 테니까.

바다에서 응가하기

해녀는 바다에 들면 보통 한 끼니나 두 끼니를 거르고 작업을 한다. 그렇기에 물때에 맞춰 아침 일찍 조업이 시작되는 경우가 제일 힘들고 어렵다. 아침잠이 많은 나로서는 새벽 일찍 시작하는 조업이 무척 힘들다. 머리는 잠에서 깨어났지만 몸은 아직 자고 있는 형국이랄까. 부지런히 스트레칭도 하고 호흡법도 하고 몸을 깨우려 하지만 그게 쉽사리 깨지지가 않는다.

이런 컨디션으로 입맛은 없지만 일하려면 에너지를 보충해야 하기 때문에 눈 감은 채로 아침을 먹고 씻고 바다에 들면 물속에서 느끼는 무중력 상태의 느낌이 잠에서 덜 깬 몽롱한 정신과 합쳐져서 우주에 나와 있는 듯한 착각을 줄 때도 있다.

이런 상태로 물질을 하다 보면 체온이 올라가고 땀이 난다. 그러다 보면 어느새 정신이 돌아오고 몸도 풀려서 물질하기 좋은 컨디션이 된다. 그리고 이때가 가장 문제가 되는 시점이기도 하다. 몸이 정상적으로 돌아오고 내장 기관이 활발하게 움직이는 타이밍에 차가운 바닷물이 아랫배를 치고 지나가기 때문이다.
차가운 바닷물이 찌릿하고 아랫배를 스치는 순간 꾸르르르르르륵. 배 속에서 활발한 장운동의 신호가 오는 순간! 어쩌지! 어쩌지! 어쩌지!!

해녀복은 추운 겨울 바닷물이 유입되지 않도록 만들어져 있다. 처음 한번 바다에 젖으면 고무옷 원단에 머금고 있는 물을 체온으로 덥히고 찬물이 빨리 스며들지 않는 구조로 되어 있기 때문에 입고 벗는 일이 쉽지 않으며 바지는 가슴까지 올라와 있어서 바지를 벗으려면 윗도리와 허리에 차고 있는 연철을 풀어야 하는데 이 일은 진정 고역이다.
"왜 하필 지금 신호가 오지!"
당황과 황당의 그 어디쯤 '멘탈'이 헤매고 있지만 여전히 아랫배에서 보내는 신호는 나의 의지만으로는 해결될 수 있는 수준을 넘어버리고 말았다.

꾸엑! 더 이상 인내할 수 없었던 나는 무거운 연철을 허리에서 풀러 태왁에 옮겨 담고 윗도리를 풀러 가슴까지 올리고 그 육중한 바지를 내려야만 했다. 이때 고무옷 사이로 차가운 바닷물이 들어와 온몸의 구석구석을 얼음으로 마사지하는 듯한 느낌을 경험했는데 차가운 겨울 바닷물의 짜릿함은 말로 글로 설명할 수 없다.
아침에 좀 더 부지런히 움직여서 미리미리 해결하지 못한 나를 원망하며 나를 밀어내는 파도와 얼음장 같은 바닷물에 몸을 맡기며 장운동에 순응해야 한다.

푸드득.
괴로웠던 장이 편안해지는 순간 무중력 상태에서 임무를 수행하는 우주선의 우주인이 되어버리는 상상을 한다. 한 손으로는 태왁을 붙잡고 다른 한 손으로는 고무옷을 붙잡고 볼일을 보다 보면 나는 누구인가, 나는 왜 여기에 있는가 하는 철학적 고뇌에 빠진다.
이렇게 시원하게 응가를 하면 이 응가는 바닷물 위로 둥둥 떠오른다. 그 순간을 어떻게 알고 찾아오는지 주변에 작은 물고기들이 몰려와 열심히 열심히 바다를 청소한다. 한손으로 휘휘 저어 응가가 잘 풀어지게 해주면 그 작은 물고기들이 신이 나는지 더욱더 열심히 바다 청소를 한다.
"은주야! 도와줄까?"
이름을 불러주시는 삼촌들의 목소리에 우주를 유영하던 나는 공천포 바다로 돌아왔다!

"아니요 아니요! 오지 마세욧!"

멀리서 나를 지켜보시던 삼촌께서 고무옷 착용을 도와주시겠다고 오시는 걸 간신히 말리고 부지런히 옷을 입는다.

고무옷은 물이 들어오면 안 되기 때문에 피부에 딱 맞게 제작되어 있다. 오로지 고무옷이 물을 머금어야 하기 때문인데 이렇게 물속에서 고무옷을 입으면 마치 풍선에 물을 가득 넣어 묶은 모양이 된다. 풍실풍실, 울렁울렁. 옷 속에서 많은 양의 물이 왔다리 갔다리 하게 되는 것이다. 이러면 물의 양이 너무 많아서 체온으로 물의 온도를 덥힐 수 있는 양을 넘어서기 때문에 엄청난 추위를 견뎌야 한다. 아침에 게으름 한번 피우면 이렇게 엄청난 경험을 물질 끝날 때까지 해야 한다. 나중에 경험이 생기고 나서는 이럴 때 물 빼는 방법도 터득했지만 처음부터 이런 고난도 방법을 알 리가 없었다.

남편과 나는 이렇게 물질에서 새로운 경험을 하면 배운 사실을 공유하는데, 얼마 지나지 않아 해남도 바다에서 응가를 텄다.

"근데 여보, 고무옷 입고 방귀 꿀 때 느낌 이상하지?"

"응, 엉덩이부터 머리까지 간질간질한 것이 이상하지!"

부부가 바다에서 응가한 이야기로 웃음꽃이 활짝 피는 집은 우리 집이 유일하지 않을까? 행복이 뭐 별건가! 이런 게 행복이지!

해녀가 잡는 것

해녀들은 여러 가지 해산물을 채취한다. 소라, 전복, 오분자기(떡조개), 성게, 문어, 해삼, 미역 등 바다 상황이나 계절에 따라 잡는 해산물이 달라진다. 해산물마다 산란기가 있고, 이때는 금채기라고 해서 산란기가 아닌 다른 해산물을 잡는다. 뿔소라는 6, 7, 8월이 산란기, 전복은 가을부터 1월 말까지가 산란기이다. 금채기를 통해 무차별적인 채집을 하지 않을 수 있고, 그럼으로써 바다 생태계를 보존할 수 있다.

이렇게 금채기까지 속속들이 아는 나는 제법 노련한 해녀가 된 듯하지만 사실 아직은 미숙하기 그지없다. 바닷속에 들어가보면 답답할 때가 참으로 많다. 뿔소라나 전복, 오분자기는 바위에 붙어 있거나 돌 사이에 숨어 있기 때문에 바닷속 깊이 잠수해 돌을 옮기거나 바위틈을 헤치며 채취해야 한다. 여전히 바닷속에서 해산물을 한 번에 구분하기가 어렵다. 시야가 또렷하지도 않고, 바다에서 오래 산 전복이나 소라는 껍데기에 물이끼가 껴 있어 돌과 구분하기도 어려웠다. 또한 문어는 보호색을 띠고 있어 눈에 잘 띄지도 않았다. 나는 못 보고 지나치는 것들을 해녀삼촌들은 귀신같이 찾아냈다. 역시 바다 물질 수십 년 경력은 따라잡을 수 없었다.

"삼촌! 왜 제 눈엔 문어가 안 보여요?"

잘 보면 보인다는 삼촌의 말씀이 정답이겠지만 대체 언제쯤 잘 보인단 말인가. 호흡을 가다듬고 물속으로 잠수했다가 아무런 수확 없이 다시 물 위로 올라오면 그렇게 마음이 지칠 수 없었다. 손으로 바닷물을 움켜잡으려는 것처럼, 꽁꽁 숨어 있는 해산물들이 영영 내 손 안에 들어오지 않을 것만 같은 불안감도 느낀다. 하지만 나는 아직 아기해녀가 아니던가.

"사랑하면 알게 되고 알게 되면 보이나니, 그때 보이는 것은 전과 같지 않으리라"라고 했다. 나는 아직 바다를 사랑하는 단계이다. 곧 보이지 않던 것들이 더 많이 보일 테고, 그러면 보이는 바닷속 풍경, 숨어 있었던 듯하지만 사실 그저 제 위치에 있을 뿐인 해산물, 물질마다 망사리 가득 해산물을 잡아 올리는 삼촌해녀들… 이 모든 것이 달라 보일 것이다.

그러고 보면 해녀가 잡는 것은 단지 해산물이 아니라 바다에 대한 사랑일지도 모른다. 내가 누구보다 바다를, 물질을 사랑한다는 사실에 의심이 없기에 오늘도 기꺼운 마음으로 바닷물 속으로 들어간다. 비록, 빈손으로 나오는 날이 있을지라도 말이다.

.....

파도가 심한 날에는 바다에 몇 번씩이나 토를 한다.
그렇게 물질이 끝나면 온몸이 탈진 상태다.
아무리 지쳐도 씩 웃으면 온몸이 명랑해진다. 등 뒤로 바다도 미소를 짓는다.

3장

너희가
바다를 알아?

제주해녀가 부끄럽나요?

제주해녀를 생각하면 여러 단상이 떠오른다. 곱슬머리 할머니들, 검은 해녀복, 태왁, 망망대해, 성격 나쁜 파도, 귀가 멍멍해지는 바다 잠수, 목숨을 건 노동. 이렇게 떠오른 이미지들이 낭만적이거나 아름답게 느껴지진 않는다. 그저 고되고 지친 제주 여인들의 일상을 표현하듯 해녀 하면 떠오르는 단상들은 모두 외롭다. 가까운 일본은 해녀들에 대한 처우도 좋고, 전문직으로 인정을 많이 해준다는데, 그것과 비교해보면 서글프기까지 하다.

그러던 어느 날, 내가 해녀가 되고 꽤 시간이 지났을 무렵. 제주해녀가 유네스코 인류무형문화유산으로 등재되었다는 소식이 들려왔다. 연일 뉴스에서는 그동안 관심도 없던 제주해녀에 대해 떠들어대기 시작했다. 제주도 내에서도 커다란 기념행사가 열렸다. 왜 진작 관심을 가져주지 않았냐고, 아직도 우리 해녀삼촌들은 열심히 바다 물질을 하시고, 서울에서 내려온 나도 해녀의 전통을 잇기 위해 노력하는데, 왜 진작 쳐다봐주지 않았냐고 아쉬움을 토로하고 싶었다.

"해녀 유네스코 등재가 뭔 줄 아세요?"
해녀삼촌에게 물어보니 좋은 거 아니냐고 하신다. 그나마 다행인 것은, 삼촌들 중에는 자신이 해녀인 것을 천한 일을 한다고 생각해 부끄러워하시고, 직업적인 자존감이 낮아 떳떳하게 해녀라고 말하지 못했던 분이 많았는데 이제 그럴 필요 없다고 말할 수 있게 되었다는 것. 우리는 외롭고 고단한 일을 하는 해녀가 아니라 무형문화제라고. 특별한 직업을 갖고 행복하게 사는 사람들이라고. 해녀삼촌의 말처럼 좋은 거 하는 사람들이라고 말이다.
생각해보면 해녀삼촌들 한 분 한 분 보통 분이 아니라는 걸 느낀다. 공부만 더 하셨어도 굉장한 철학자가 되었거나, 시대에 이름을 날릴 예술가로 살았을 것이라고 감히 짐작한다. 내가 본 해녀사회는 상당히 민주적이고 공동체 의식이 탄탄하다. 저마다 고집을 가지고 있는 노인들이 오랜 세월 공동체를 이뤄 물질을 하셨다는 것만으로도 대단하지 않은가. 그런 그들이 자신의 직업을 부끄러워했다니, 그럴 필요 없었다고 오히려 더 자랑스러워해도 된다고 왜 진작 말해주지 못했을까. 나 역시 유네스코 등재 이후에야 '좋은 거'라고 말씀드릴 수 있었으니 나의 무지마저 죄송스럽다.

나는 해녀가 되고 난 뒤에 해녀들의 공동체 의식에 여러 번 놀랐다. 우리 민족이 이렇게 회의를 많이 하는 민족이었던가. 사실 우리 해녀삼촌들이야말로 요즘 젊은이들이 말하는 '꼰대'들의 집합체인데, 이토록 대화를 많이 하다니. 맨몸으로 바다에 뛰어들어 물질을 한다는 것 자체가 위험한 일이기 때문에 해녀들은 단체를 이루어 함께 작업한다.

그러다 어떤 특정한 사안이 생기면 함께 모여 의논하고 어떻게 행동할지 결정한다. 보통 상군이나 잠수회장의 의견이 중요하게 작용하지만, 아기해녀부터 가장 연세가 많은 할망해녀까지 모두 충분히 의견을 내고 참여할 수 있다.

대화를 통해 결정된 내용은 누군가에게는 불리하게 작용할 수도 있지만, 아무도 토를 달지 않고 정해진 결정에 따른다. 때로는 전체적으로 손해가 생기더라도 그것이 옳은 일이라고 판단이 되면 그렇게 행동한다. 누구 하나 억지 부리거나 이기적으로 행동하지 않는다.

상황에 맞게 유기적으로 움직이는 모습은 오랫동안 바다에서 자연과 함께하는 삶에서 터득한 방법이 아닌가 생각한다. 사람이 아무리 뛰어난들 자연을 넘어서서 살 수는 없지 않은가. 그 자연과 함께 순응하며 살아가는 삶이 해녀들의 공동체 문화 속에서도 자연스럽게 나오는 게 아닌가 생각한다. 결정이 되는 사안에 우리 할망해녀들은 이렇게 큰소리로 동의를 한다.

"오게~. 어게~."

처음엔 이 말을 듣고 '오케이'라고 영어를 하시는 줄 알았다. 나중에 알고 보니 이건 제주말로 '그렇지' '맞는다' '알겠다'의 뜻을 담고 있다. 해녀삼촌들이 "오게~ 어게~"라고 말하면 난 "오~케이!"라고 화답한다. 누군가는 말 안 통하는 노인네들, 꼰대들의 집합체라고 고개를 가로저을 수 있지만, 내가 본 해녀들은 누구보다 민주적이고 대화에 능하다. 한 분 한 분 보통 분들이 아니다.

……

2016년 12월 유네스코 인류무형문화유산에 제주해녀가 등재됐다.
바다의 어멍(엄마) 제주해녀, 눈물이 났다.

고쳐 쓰는 목숨

해녀 탈의장 야외 마당에는 해녀들의 태왁이 걸려 있다. 물질을 끝내고 돌아온 해녀들이 파란 하늘을 배경 삼아 젖은 태왁들을 정리하고 널어놓은 것이다. 이 태왁들을 멀리서 바라보면 거대한 오렌지들이 주렁주렁 매달려 있는 기분이다. 햇볕 아래 색이 바란 것들도 꽤 보인다.

어떤 것은 맛없는 오렌지, 어떤 것은 시고 단 귤, 어떤 것은 크고 어떤 것은 작아 한라봉 같기도 하고 어떤 것은 땡감 같기도 하다. 이 중에서도 유독 눈에 띄는 태왁이 있는데, 멀리서 봐도 선명한 오렌지색이 빛나 '새 태왁, 나 초보'라고 써 붙인 것 같다. 요것은 아기해녀인 내 태왁이다. 해녀삼촌들의 태왁과 나란히 널려 있는 것을 보니 이제 나도 진짜 해녀인가 싶다.

태왁은 해녀의 또 다른 목숨이다. 목숨이란 말이 무섭게 들리기도 하지만, 그만큼 태왁은 해녀에게 중요한 물질 도구 중 하나다. 해녀들은 한 번 바다에 나가면 4~5시간은 쉬지 않고 물질을 하기에, 태왁은 바다 위에서 쉴 수 있는 유일한 휴식처이자 해녀의 목숨을 지키는 유일한 안전장치이다. 그래서일까 물질을 오래 한 해녀삼촌일수록 태왁을 함부로 다루지 않는다. 제 목숨처럼, 물 위에 떠 있는 태왁이 제 삶인 듯 소중하게 대하신다.

내가 처음 해녀가 되었을 때, 해녀삼촌들이 쓰시던 10년은 훌쩍 넘은 듯한 자그마한 아기태왁을 선물 받았다. 해녀삼촌들은 대부분 50년에서 70년 정도 물질 경력을 갖고 계시기에, 10년 된 태왁은 낡은 축에도 끼지 못했던 것 같다. 10년쯤은 사용한 태왁이었지만 아직도 생생하게 짙은 오렌지색을 뽐내고 있어 볼 때마다 기분이 좋아졌다.

어느 날, 여느 때처럼 서툰 물질을 하고 있을 때였다. 태왁의 어음이 바닷속에서 부러져버렸다. 어음이란 태왁의 망사리를 연결하는 둥근 테두리를 말한다. 몇 시간을 고생하여 채취한 해산물들이 망사리 안에 담겨 있었기에 태왁의 어음이 부러진 건 큰일이었다. 부러진 태왁을 부여잡고 바다에서 발을 동동거렸다.

"어머 어떡해! 어쩜 좋아!"

부러진 태왁 어음을 부여잡고 뭍으로 헤엄을 쳤다. 그러던 중 물도 참 많이 마셨다. 삼촌들이 물질을 끝내고 피곤한 와중에도 늘 태왁을 손보고 망사리를 정비하셨던 게 이 이유 때문이었구나. 애써 노력해 잡은 수확물들이 한순간에 우르르 바닷속으로 다시 쏟아질 수도 있는 거구나. 인생이란 그런 것이구나. 그래서 그토록 태왁을 소중히 다루셨구나, 깨달았다.

해녀삼촌들은 내 부러진 태왁 어음을 다시 고쳐주셨다. 투박한 손으로 망사리까지 손봐주시며, 내가 잡는 해산물 양이 많아지거든 그때나 새로 하나 만들자고 하셨다. 해녀들은 물질에 쓰는 도구들을 어느 것 하나 함부로 대하지 않는다. 아마도 물질을 통해 자신들의 인생을 비춰 보고 계신 듯하다.

·····

태왁은 해녀가 물질을 할 때, 가슴에 받쳐 몸이 뜨게 하는 공 모양의 기구다.
공천포 해녀 탈의장에 걸려 있는 태왁 중 가장 눈에 띄는 꽃무늬 명랑 태왁.
태왁 아래 둥근 모양의 검정색 링이 어음이고, 어음 아래 그물은 망사리이다.

바다와 중력과 나비

물질을 하다 보면 우주에 떠 있는 기분이다. 해녀복은 전신 튜브를 입은 것처럼 부력이 좋아 바다 위에 잘 뜰 수 있게 하는데, 덕분에 바닷속에 들어가 있으면 지구의 중력이 거의 느껴지지 않는다. 우주에 떠 있는 것처럼 시끄러운 세상의 잡소리도 없고, 평화롭다.

열심히 물질을 하다가 잠시 태왁에 매달려 숨을 돌리노라면, 어김없이 잔잔했던 파도가 세차게 부닥쳐 온다. 마치 쉬기만을 기다렸다는 듯. 파도가 들이칠 때마다 비명을 지르며 휩쓸려 갔다. 우주는 바람도 없고 소리도 없다는데, 그래 이곳이 우주는 아니구나 싶다. 파도가 칠 때마다 어푸어푸 요상한 소리를 내며 살겠다고 태왁에 매달렸다. 이럴 때 바다는 봐주는 법이 없다. 코와 입으로 짠 바닷물이 훅훅 들어왔다. 뱃멀미도 아닌 파도멀미.

이럴 땐 물질을 오래 한 삼촌들도 물을 먹기 일쑤라고 했다. 참아 보려 했지만 몰아치는 파도에 정신없이 바닷물을 삼켰더니 속이 부글거린다. 바다 위에 우웩, 토하다가 또 바닷물을 마시고 우웩, 우웩, 오늘 내 덕에 공천포 물고기들이 배부르게 포식했을 것이다. 이렇게 파도를 만나 고생하는 날이면 언젠가 학창시절에 배웠던 김기림의 〈바다와 나비〉가 생각난다.
"아무도 그에게 수심을 알려준 일 없기에 흰나비는 도무지 바다가 무섭지 않다."

그래, 도무지 바다가 무섭지 않았던 건 이 파도를 몰랐기 때문이겠지. 생각해보면 해녀삼촌들은 바다를 두려워하지 않으시는 것 같다. 좀처럼 준비운동을 하지 않으신다. 오랜 물질 경력으로 바다가 무섭지 않은 것일까. 바다에서 죽을 수도 있다는 걱정 따윈 안 하시는 것일까. 몇십 년을 바다에서 산 해녀삼촌들은 바다를 대하는 모습이 예사롭지 않다. 마치 육지와 바다를 오가는 인어 같다. 인간들 틈에 몰래 숨어 살다 기다렸다는 듯 바다로 뛰어드는 인어처럼, 해녀들은 바다에 들어갈 땐 준비운동을 하지 않는다. 처음부터 바다에 살던 사람들처럼.
나는 어렸을 때, 물에 들어가기 전에는 반드시 준비운동을 하고 들어가라고 배웠다. 프리다이빙을 취미로 즐길 때도 반드시 충분한

스트레칭과 준비 호흡을 하고 바다에 들어갔다. 그런데 해녀삼촌들은 그 모든 준비과정이 별것 아닌 듯 행동하신다. 왜 준비운동을 안 하시냐 물어보면 미리 힘 뺄 거 뭐 있냐 하셨다. 탈의장에서 쉬다가 곧바로 바다로 돌진하는 해녀삼촌들을 보며 나는 여러 번 놀란 가슴을 쓸어내려야 했다.

매년 바다에서 돌아가시는 해녀들이 많기에, 최근 제주 행정기관에서도 해마다 발생하는 해녀들의 안전사고를 염려해 '해녀불턱체조'를 만들어 알리기 시작했다. 인생에 초연해 보이는 해녀삼촌들이라도 혹시 모를 사고는 짐작할 수 없지 않은가. 바다가 해녀의 삶을 지켜주기도 하지만, 불의의 사고나 갑작스러운 죽음까지 선물할 수 있기에. 부디 나와 우리 공천포 삼촌들은 바다 물질에서 안전하기를 바라본다.

배가 따뜻해지면
마음도 따뜻해지는 걸까

제주는 어울림과 함께함을 사랑하는 곳이다. 새해가 되면 마을마다 연례행사가 열리는데 대부분 오랫동안 전해 내려오는 전통대로 이루어지는 행사들이다. 내가 사는 공천포는 수신제를 지내고, 옆 마을 망장포는 해맞이 행사를 연다.

새벽 바닷바람이 날카롭게 느껴질 정도로 바람이 찼다. 망장포구에 도착하니 준비되어 있는 여러 개의 커다란 상작불이 기분 좋게 타고 있었다. 따뜻한 장작 냄새가 진동했다. 망장포의 어촌계 남자들은 커다란 나무를 통째로 장작처럼 이리저리 옮기며 불길을 조절하고 있었고, 한쪽에선 해녀들이 맛있는 떡국을 끓이며 기분 좋은 수다를 나누고 있었다. 여러 개의 장작 불길은 엄청난 열기로 새해 첫 해님을 맞이하기 위해 제 몸을 불사르며 활활 타올랐다.

해녀들의 수다 소리와 함께하는 새해 떡국 맛은 진짜 최고였다.
"삼촌! 떡국 진짜 맛있어요! 대박!"

긴 줄을 기다려 떡국을 받아 들고 바닷가를 바라보며 호로록 따뜻한 국물을 들이켰다. 떡국 국물은 새해 소망이 다 이루어질 것 같은 행복감이 가득 찬 맛이었다. 쫄깃하게 잘 익은 떡을 씹으며 함께 간 남편에게도 떡국이 너무 맛있다고 칭찬을 쏟아냈다.
한편에 마련된 소라구이의 맛도 환상적이었다. 쫀득쫀득한 소라를 한 입 베어 무니 육즙이 탁 터졌다. 장작에 빠질 수 없는 군고구마도 따뜻하고 달콤하니 맛이 좋았다. 봉사와 나눔의 행사를 연 망장포 가족들에게 큰 박수를 보내고 싶었다. 배도 따뜻하고, 마음도 따뜻해졌다.

도시에 살 땐 옆집에 누가 사는지도 모르게, 이웃과 왕래 없이 지내는 게 당연했다. 서울에서도 때마다 축제 비슷한 것들이 열리긴 했지만, 이렇게 이웃과 어울리고 사람과 어울리는 따뜻한 행사가 있었는지는 잘 기억나지 않는다. 제주가 사랑스러운 건 이런 이유 때문이 아닐까 싶었다. 사람 사이의 정이 느껴지는 곳. 제주는 어촌계와 해녀공동체의 화합을 특히 중요하게 생각하기 때문에 이런 행사들이 더 따뜻하게 느껴지는 것 같다.

서울에 살 땐 쫓기면서 사는 게 너무 싫었다. 서울에서는 너무 바빴다. 그럼에도 난 행복했지만 행복한 줄 자꾸 잊어버리며 살았다. 그러나 제주에선 행복하다. 떡국 한 그릇에도 행복하고, 바다를 바라보며 행사를 즐기고 있는 이 시간도 너무 여유롭고 만족스럽다. 여기선 행복하다. 그것으로 충분하다.

큰 글씨

늙음을 실감하는 순간은 언제일까. 잘 보이던 글씨가 갑자기 침침해 보일 때, 바늘구멍에 실 꿰는 것이 어려워질 때, 조금만 크게 움직여도 숨이 찰 때. 이런 일상의 사소한 순간들 속에서 나는 내 나이를 실감하고, 내가 늙어가고 있다는 걸 실감한다.
내가 소속되어 있는 공천포 해녀회의 해녀삼촌들은 71세에서 89세까지 모두 현역으로 해녀일을 하고 계신다. 내 나이는 50세, 가장 어린 아기해녀다. 내 바로 윗선임이 70대이니 해녀들의 평균 연령이 얼마나 높은지 짐작할 수 있다. 내가 아무리 팔팔하게 뛰어다녀도 적은 나이가 아닌데, 이곳에서만큼은 '젊은 것'이 된다. 나 또한 내 나이와 늙음을 실감하며 살아가는데, 삼촌들은 오죽하실까. 나는 해녀가 된 이후로 다시 젊어진 듯, '젊은 것'이 되어 살아간다.

어느 날 해녀삼촌이 목욕용품을 내밀며 말씀하셨다.

"은주야, 이거 이거 뭐가 뭔지 모르겠으니 큰 글씨로 써주거라."

매직으로 크게 크게 이름을 써드리기도 하고, 삼촌이 직접 이름을 쓰기도 하셨다.

"아기 들어오니 조추게(좋구나)! 하하하하하."

큰 목소리로 깔깔대며 말씀하셨는데, 사실 나이 드신 해녀일수록 제주 사투리가 강해 모두 알아듣긴 힘들었다. 제주의 젊은이들도 사투리를 많이 쓰는 노인들의 말은 잘 알아듣지 못한다고 하니, 서울 출신인 나는 어련할까. 그러나 그 와중에도 귀에 쏙쏙 박히는 말들이 있다. 날 보며 '애기야~ 아가야~' 하시는 말들. 내 나이 50세에 아기라는 말을 어디서 들어볼까. 아기해녀는 해당 마을 어촌계 소속 해녀들 중 신입해녀를 가리켜 부르는 말이다. 삼촌들 연세에 나를 보면 딸 같고 손녀 같겠지. 이전에는 내 늙음을 한탄하며, 아쉬워하며 살았는데 이제는 마음가짐이 좀 달라졌다. 고령에도 해녀일을 하며 젊게 사시는 해녀삼촌들 때문에, 나를 아기라고 불러주는 따뜻한 목소리 때문에, 다시 젊었을 때로 돌아가기라도 한 듯 '젊은 것'이 되어 살아간다.

무사히 돌아오길

바다는 풍요를 약속하지 않는다. 바다로 떠난 배가 모두 만선으로 돌아오는 것이 아니고, 물질을 하는 해녀가 모두 풍요롭게 해산물을 채취하지 않는다. 사람들은 바다를 어머니의 품이라고 묘사하기도 하지만, 바다가 늘 넉넉하게 내어주는 것은 아니다.

바다로 일을 나간 가족이 있다면, 마침 갑작스러운 폭풍이 몰아치고 있다면, 그리고 아직 그 가족이 돌아오지 않았다면, 남은 가족들은 얼마나 가슴을 졸일까. 물론 극단적인 예를 들었지만, 바다일을 하는 사람이라면, 바다에 나가는 가족이 있다면, 폭풍이 아니라 맑은 날에도 가슴 졸일 일은 많을 것이다. '풍어제'는 올해도 물고기를 많이 잡을 수 있도록 기원하며 제를 지내는 행사이지만, 바다로 나간 남편, 아들, 가족이 올해도 사고 없이 무사히 집으로 돌아올 수 있게 해달라고 기도를 올리는 행사이기도 하다.
각 마을의 배 선주들과 어촌계원들 그리고 해녀들이 함께 모여 이 행사를 치렀다. 마치 영화 속 한 장면처럼 서귀포항에 정박된 배들, 입구부터 행사장 내부까지 화려하게 전시되어 있는 화환들, 맛좋은 음식들, 사람들이 뒤섞여 북적였다. 풍어제를 위해 한쪽에서 굿을 하는 무속인의 모습도 눈에 들어왔다. 굿을 지내는 모습은 촬영을 자제해달라는 안내를 받았다. 사람들은 올 한 해도 만선을 기원하며, 풍요와 안전을 기원하며 제를 올렸다.
서울에선 좀처럼 볼 수 없던 풍경들에 입이 떡 벌어지기도 했지만, 나 역시 제주해녀사회의 일원으로 두 손을 모아 기도를 드렸다. 모두 무사히 집으로 돌아오길, 돌아가길.

낫 놓고 미역을 말하다

해녀에게 봄은 곧 미역이다. 봄이 되면 해녀는 바다에서 미역을 딴다. 봄에 잡는 미역이 제일 맛있는데, 나물로 치면 새순이기 때문이다. 도시 사람들은 꽃이 필 때 '봄이 왔구나' 느끼지만, 해녀들은 미역을 보며 봄을 느낀다고 한다. 나야 해녀 일을 시작한 지 얼마 되지 않아 잘 모르지만 수십 년을 해녀로 일하신 삼촌들에겐 봄은 곧 미역이었다.

"집에 낫은 있냐? 내일 미역작업하니 낫 갖고 오너라."

미역작업을 한다는 말에 다음 날 집에서 검질매기를 할 때 사용하던 낫을 하나 챙겨 갔다. 숙제 검사를 받듯 삼촌에게 낫을 보여드리니 껄껄껄 웃으신다.

"아이고, 야야. 이렇게 큰 건 버쳐서 못할켜(낫이 커서 사용하기 어렵나). 이번엔 작은 거 같이 쓰고, 내년에나 작은 낫 준비해 오너라. 바다에 들어 돈을 벌어야지 자꾸 돈만 쓰면 어쩔 거냐. 쯧쯧."

그러면서 삼촌은 갖고 계시던 작은 낫을 하나 빌려주셨다. 미역용 낫은 내가 쓰던 낫보다 작고 가벼우며 낫의 날 부분이 작은 톱니로 되어 있었다. 미역작업은 처음이니 모르는 게 당연했다. 내가 가져온 낫을 보며 어이가 없고 귀여웠던지 삼촌들이 계속 놀리며 웃으셨다. 나는 해녀학교까지 졸업해놓고 낫 놓고 미역을 몰랐다. 이제 삼촌들 말처럼, 나도 미역을 보며 봄을 생각하겠지.

미역이 겨울과 봄을 가르는 경계가 되듯 바다에도 경계가 있다. 처음 바다 경계에 대한 이야기를 들었을 때, 모든 경계에는 꽃이 핀다던 어느 시인의 말이 생각났다. 바다에도 경계가 있다니.

제주는 바다 전체가 어장이라고 할 만큼 마을 어장이 잘 꾸려져 있다. 그리고 마을 어장과 마을 어장 사이에 경계를 둔다고 한다. 해녀들도 이 바다 경계는 일부러 피해서 물질을 하는데, 바다 경계에서 물질을 하다가 혹시라도 옆 마을 어장으로 들어가 물질을 하게 되면 다른 마을 어장의 해산물을 훔쳐 오는 것이라고 생각하기 때문이란다. 바닷속을 선으로 딱 잘라 그어놓을 수 없는 노릇이기에 해녀들은 늘 바다 경계를 피해 물질을 한다.

봄이 오면 미역을 따기도 하지만, 이렇게 옆 마을 사이 바다 경계에서 공동 물질을 하기도 한다. 오늘은 우리 마을 공천포와 옆 마을 망장포의 바다 경계를 물질하는 날이다. 바다 경계를 물질하는 날이면, 두 마을이 협의하에 물때를 맞춰 동시에 물질을 한다. 평소 잘 가지 않던 경계 부근에는 특히나 해산물들이 많았다. 매번 물질을 할 수 있는 곳이 아니기에 소위 말하는 '물건'들이 눈에 많이 띄었다.

이렇게 물질을 하다가 문득 바다의 경계와 사람 사이의 경계가 비슷하다는 생각이 들었다. 사람 사이에도 보이지 않는 경계가 있어 함부로 넘거나 침범하기 어렵다. 경계를 통해 서로 균형을 이루기도 하지만, 경계를 허물어 더 행복해지기도 한다. 사람과 바다도 마찬가지다. 오늘처럼 별것 아닌 물질을 하다가도 나는 삶을 배운다. 아직 아기해녀인 나도 바다를 통해 배우는 것이 많은데, 평생 물일을 하신 해녀삼촌들은 오죽하실까. 살다 보니 모든 경계에서 삶을 배운다.

.....

고된 물질 속에서도 바다를 버리지 않은,
바다로 들어가야만 했던 해녀삼촌들을 존경한다.
그분들의 뒤를 잇고 싶다.

코끼리를 냉장고에 넣는 법

해녀들은 손재주가 좋다. 물질에 필요한 도구들을 뚝뚝뚝딱 잘도 만든다. 해녀가 직접 물질 도구를 만드는 건 쉽지 않은 일이지만 태왁이나 망사리는 기성제품으로 판매하지 않기 때문에 해녀들이 직접 자신이 원하는 크기로 만들어 사용한다.

얼마 전 옆 마을 잠수회장님이 나에게 태왁공을 손수 만들어 선물해주셨다. 삼촌들과 잠수회장님께서 직접 공 만드는 법이나 어음을 만들고 망사리 연결하는 법을 알려주셨지만, 눈으로 보는 것과 직접 해보는 건 역시 큰 차이가 있었다. 태왁 하나 만드는 것도 과정이 워낙 복잡하여, 하나하나 기억해두기 위해 메모를 하는 것도 잊지 않았다. 태왁 만드는 법은 아래와 같다.

첫째, 스티로폼 공을 만든다. 둘째, 천을 씌운다. 셋째, 공 위아래에

링을 연결해 고정한다. 넷째, 어음을 만든다. 다섯째, 망사리를 만든다. 여섯째, 망사리와 어음을 연결한다. 일곱째, 어음과 공을 연결한다. 여덟째, 물에 띄워 테스트한다.
메모에 적어 넣은 것들을 보니 코끼리를 냉장고에 넣는 방법이 생각났다. 문을 연다. 코끼리를 넣는다. 문을 닫는다. 글로 보면 쉽고 간편해 보이는 과정들이 직접 행동으로 옮길라치면 꽤 까다롭고 고달프다. 절대 글처럼 쉬운 것은 없다.

나는 며칠 전부터 물질이 없는 날이면 태왁 만들기를 하고 있다. 만드는 일이 익숙하지 않지만 해녀삼촌께서 알려주신 방법을 생각해내 만들기를 계속 하고 있다. 삼촌들은 슥슥슥 너무도 쉽게 태왁을 만드시는데 난 그게 잘 안 된다. 어느 날은 혼자 태왁을 만들다 지쳐 상군해녀에게 가져갔다.
"야야 잘하긴 했다만 이게 아니다."
그렇게 말하며 삼촌께서는 내가 며칠을 고생해 만든 망사리와 그물코를 전부 풀어버리시는 게 아닌가. 태왁은 해녀에겐 유일한 안전도구이기에, 망사리는 몇 시간을 고생해서 채취한 해산물을 담아두는 유일한 보관함이기에 자칫 바닷속에서 풀리거나 망가지면 낭패다. 삼촌께서 하나하나 다시 처음부터 망사리와 태왁을 손봐주셨다. 눈으로만 보면 이렇게 간단하게 만드는 걸!

곧 완성된 태왁을 들고 바다로 나갈 것이다. 매듭 상태가 거친 파도에서도 이상이 없는지, 사용상의 다른 문제는 없는지 반드시 꼼꼼한 체크를 해야 한다. 해녀들의 체형과 체격, 습관이 다르기에 더욱 꼼꼼하게 확인을 거쳐야 혹시 모를 사고를 예방할 수 있다. 그저 새 태왁이 하나 생겼을 뿐인데, 신나서 계속 콧노래를 흥얼거렸다. 삼촌들이 나를 흐뭇하게 바라보신다.

오늘도 안전 물질

성수대교, 삼풍백화점, 대구 지하철, 세월호…. 참사가 벌어질 때면 안전 불감증, 졸속하고 불법적인 건축 등이 거론된다. 참사의 원인이 개인보다는 건축과 관리의 책임이 있는 조직, 이러한 조직을 방치한 사회 전체에 있다는 데에 의견을 같이한다. 하지만 이러한 의견이 아마도 해녀 사회에는 적용되지 않는 듯하다. 일찍이 해녀 탈의장에 모인 날이었다. 우리는 바다 상황을 보며 물에 들 때를 살피고 또 살폈다. 파도가 센지, 바람의 방향은 어떤지 신중하게 점검했다. 해녀의 안전은 자기 자신과 동료 해녀와 가족만이 기원하며, 사고가 나도 자신에게서 원인을 찾는다. 물에 들기 전 신중하게 바다를 살피는 것, 사고가 나도 내부에서 원인을 찾는 것, 심지어 자연의 순리라고 생각하는 것. 이 마음을 알기에 오늘도 안전물질을 기원한다.

잠수복 장인

여름은 해녀에겐 여유로운 계절이다. 뿔소라의 산란철을 맞아 소라 채취가 금지되는 시기이기 때문이다. 그렇다고 물질을 멈추는 것은 아니다. 뿔소라 대신 다른 해산물들을 잡으며 물질작업을 이어나간다. 오늘은 삼촌들과 함께 해녀잠수복을 새로 맞추기로 했다.
저 멀리 서귀포 성산에 위치한 소라잠수복 사장님께서 직접 공천포 탈의장에 방문해 해녀들의 잠수복인 고무옷 치수를 재 가셨다. 해녀삼촌들이 몇십 년 동안 물질 경력을 갖고 계시듯 소라잠수복 사장님 역시 고무옷 제작에 몇십 년 경력을 보유하고 계신다. 잠수복 만들기 장인이라고 할까!
제주에서 손꼽히는 잠수복 장인으로 수십 년을 해녀들의 옷을 만드셨다고 했다.

우리가 알고 있는 해녀들의 고무 잠수복은 1970년대에 본격적으로 보급되었는데, 그 전에는 전통 해녀복인 물소중이와 물적삼을 입고 물질을 했다.
그리고 더 옛날에는 알몸으로 바다에 들어가 물질을 했다고 전해진다. 해남들도 알몸으로 물질을 했는데, 숙종 때는 '해녀들의 나체 조업을 금한다'는 금지령이 내려지기도 했다고 한다. 제주는 육지로부터 고립된 지역으로, 남녀가 알몸으로 물질을 해도 전혀 부끄러워하지 않는 독특한 풍속을 보였다.
이후 물옷이 생겨났고, 물적삼은 상의, 물소중이는 하의, 머리카락이 흐트러지는 것을 막기 위해 까부리를 머리에 쓰고 물질을 했다. 이것이 우리가 알고 있는 전통해녀복의 모습이다. 지금의 해녀복은 일본의 고무옷이라고 하는 잠수복을 들여오면서 입기 시작했고, 이 옷을 통해 이전에는 30분에서 1시간가량 했던 물질을 4~5시간이나 할 수 있게 되었다고 한다.
해녀잠수복은 조심스럽게 입어도 잘 찢어지고 패는데, 그 이유는 갯가의 날카로운 바위와 뾰족한 뿔소라에 고무잠수복이 쉽게 상하기 때문이다. 고무옷이 찢어질 정도이니 그 옛날 물소중이만 입고 물질을 하던 때에는 크고 작은 상처가 얼마나 많이 생겼을까. 제주의 여러 기관에서 해녀들의 잠수복에 많은 부분 지원을 해주고 있어 고맙고 감사할 따름이다. 그리고 2012년부터는 선박과의

충돌과 안전사고를 예방하기 위에 눈에 잘 띄는 주황색 잠수복이 보급되고 있다.

고무옷이 보급되기 전, 전통 해녀복은 물의 저항을 최소화하기 위해 옷 전체가 몸에 잘 달라붙도록 짧고 좁게 만들어졌다. 여름에는 물소중이만 입고, 겨울에는 그 위에 물적삼을 덧입었다고 전해진다. 물적삼과 물소중이를 살펴보면 제주도 여인들의 문화가 얼마나 지혜로웠는지 알 수 있다. 또한 물질에 사용하는 도구들이 얼마나 과학적으로 만들어졌는지도 엿볼 수 있다. 이처럼 해녀 의복에 대한 이야기만으로 오랜 역사를 훑어볼 수 있으니, 아직 공부할 것도 많고 배울 것도 많다는 생각이 들었다.

해녀들이 입는 고무잠수복은 바느질 대신 본드로 이음새를 붙여 만든다. 작업장에서 묵묵히 고무원단을 제작하고 붙이며 잠수복을 만드는 소라잠수복 사장님. 해녀삼촌들은 벌써 수십 년 이 가게의 단골이라고 했다. 살아 있는 해녀의 역사 한쪽에서 겸손하게, 성실을 바탕으로 잠수복을 만든 장인. 몸을 쓰는 직업은 모두 숭고하다고 했던가. 나는 우리 해녀삼촌들도 장인처럼 보인다.

해녀삼촌들과 다 함께 해녀복을 맞춤하고 며칠 지나지 않아 해녀학교 동기에게 연락이 왔다. 이 친구는 전통해녀복을 재해석해 지금 시대에 맞는 세련된 불석삼과 물소중이를 만들고 있었다. 우도에 살면서 전통 해녀의복에 대한 연구를 이어왔고, 열정적인 작가이자 화가로 활동 중인 사란 씨이다. 해녀 의복을 공부하며 물옷 만들기 노하우를 배우러 다니던 그녀가 나에게 직접 만든 전통해녀복을 선물해주기로 한 것이다. 해녀학교 동기들 중 유일하게 나만 정식해녀가 되었기 때문에 꼭 선물해주고 싶었다고 한다. 너무 고맙고 감사한 일이다.
이런 마음이 담긴 선물을 마주할 때마다 내가 지키고, 해야 할 일이 무엇인지 생각하게 된다. 그녀가 한 땀 한 땀 마음으로 바느질한 물소중이를 보면서, 나는 옛 선배들이 이 물옷을 입고 바다를 누비던 모습을 상상한다. 지금은 고무옷을 입기 때문에 이 물옷을 입고 바다에 든다는 것은 쉬운 일이 아니지만, 꼭! 기회가 된다면 이 전통물옷을 입고 바다에 들어 옛 잠녀(潛女)들의 모습을 재현해 보고 싶다.

불가사리 모자와 컵라면

먼 바다에 물질을 나갈 때가 있다. 낯선 바다에 들어갈 때면 바다마다 표정과 성격이 다르다는 걸 실감한다. 엄마의 품처럼 따뜻함이 느껴지는 바다가 있고, 왠지 모르게 뒷덜미가 오싹해지는 바다도 있다.

공천포 바다는 다른 마을의 바다에 비해 작은 편이다. 옛날에는 지귀도라는 섬까지 우리 마을의 어장이었기 때문에 갯물질과 뱃물질을 겸해서 하는 넓은 바다를 자랑했지만 지금은 지귀도를 옆 마을에 넘겨주면서 작은 바다만이 남아 있다. 규모가 작긴 하지만 우리 바다의 느낌은 아주 따뜻하고 포근하다. 수심이 낮고 모살판(모래사장)이 함께 있어 부드럽고 정겨운 느낌이 드는 바다이다.

물에만 들면 기분이 좋아지는 나는 바다 지형을 익히려고 이리로

저리로 파닥거리며 헤엄쳐 다녔다. 이런 아기해녀가 걱정이 되셨는지 상군삼촌들이 나를 불러 앉혀놓고는 나의 해녀잠수복 모자에다가 커다란 별 모양의 불가사리를 표식으로 붙여주셨다. 붙여주시면서 어김없이 축언을 해주신다.

"용왕님 용왕님, 우리 아기 전복도 많이 보이게 해주시고 문어도 많이 보이게 해주시고 소라도 많이 보이게 해주시고 해삼도 많이 보이게 해주시고 안전하게 물질할 수 있도록 해주십서!"

하면서 주황색 고무옷을 잘라서 모자에 붙여주셨다. 여기저기 파닥거리며 다니는 아기의 위치를 쉽게 파악하고자 주황빛 불가사리를 붙여주신 것이다. 상군은 물건을 많이 하는 것도 중요하지만 함께 물질하는 해녀 한 명 한 명을 보살피고 책임지는 일도 하고 있기 때문이다. 하지만 다른 마을의 해녀들은 내 모자를 보며 이렇게 말하곤 한다.

"저 젊은 해녀는 모자에 뭘 붙인 거야? 물질이 장난이야?"

이런 오해를 받기도 하지만, 나는 해녀삼촌들의 마음이 느껴지는 불가사리 표식이 너무 좋다. 연로한 삼촌들이 붙여준 무심한 듯 투박하고 거친 불가사리 장식이지만 아기해녀를 아끼고 예뻐해주시는 마음이 깊게 묻어나기 때문이다. 사실 처음 디자인은 불가사리 모양이 아닌 그냥 동그라미였는데 그대로 붙였으면 영구가 될 뻔했다! 삼춘들의 설왕설래 회의 끝에 불가사리가 되었는데 나는 그게 너무 마음에 든다.

삼촌들과 해녀 물질을 마치고, 모자에 불가사리 표식도 붙이고, 한숨 돌리며 다 같이 둘러앉아 컵라면을 끓여 먹었다. 따뜻한 라면 국물을 훌훌 불어 마시니 추웠던 몸이 풀리고 허기가 채워지는 기분이다. 평소 가까이하진 않는 컵라면이지만 짠 바닷물에 혀가 쪼그라들어서인지 오늘따라 라면국물이 더 맛있다. 물질을 마치고 나온 해녀들은 다 같은 마음 아닐까. 컵라면 하나씩 들고 호로록 후르륵 마시며 즐거운 수다를 반찬 삼았다.
"얼큰한 게, 국물이 시원하지여?"
"오냐, 뜨끈하니 좋다!"
밖에 널어둔 해녀들의 잠수복이 바닷바람에 젖은 몸을 말리며 흔들흔들 쉬고 있다. 내 불가사리 표식이 달린 해녀모자도 함께 널어두었더니 정말, 멀리서도 한눈에 잘 보인다. 열심히 일한 뒤 맞는 꿀맛 같은 시간이다. 이럴 땐 꼭 해녀가 되길 정말 잘했다는 생각이 든다.

·····

나이 드신 해녀삼촌이 고무옷을 오려 불가사리를 만들어
내 잠수복 머리에 붙여주었다.

해녀 탈의장의 웃음꽃

십대 소녀들은 낙엽 굴러가는 소리만 들어도 깔깔거리며 웃는다는 말이 있다. 하지만 그건 비단 어린애들만 두고 하는 말은 아닌 것 같다. 칠십이 넘은 할망들도 낙엽 굴러가는 소리를 들으며 웃는다. 해녀 탈의장은 알아듣기 힘든 제주말이 가득한 곳이다. 물질이 있는 날이든, 물질이 없는 날이든, 이곳에 모인 할망들은 바닥에 배를 깔고 누워 깔깔거리며 잘도 웃으신다. 무슨 싸움이 났나 오해할 정도로 큰 소리가 오가기도 하지만, 알고 보면 그저 흥이 나서 수다를 떨고 계시는 거였다.

탈의장 문을 열면 이리저리 자리 잡고 있는 해녀들의 신발이 눈에 들어온다. 플라스틱 싸구려 신발들이지만 이 신발에도 해녀들의 지혜가 담겨 있다. 해녀 신발은 젖어도 되고, 미끄러지지 않아야 하며, 값이 싸야 한다. 그리고 무엇보다 중요한 것은 물에 가라앉는 소재여야 한다는 것. 해녀들은 갯바위를 걸어 다니며 물속을 걷기 때문에 태왁에 신발을 담아 갈 때 물에 뜨면 불편하다. 그래서 해녀들이 벗어놓은 신발들은 대부분 비슷한 형태와 소재로 되어 있다. 신발 모양이 같아서 때론 서로 바꿔 신기도 하는 헤프닝이 벌어진다.
그런데 잠깐, 해녀들의 신발이 모두 비슷한 건 이해가 가는데 상군해녀의 뚫어진 양말에는 어떤 지혜가 숨겨진 것일까? 해녀삼촌들이 뚫어진 양말을 신고 다니는 걸 자주 봤던 터였다. 아직까지 이 지혜는 배우지 못했다. 앞으로 상군해녀들의 뚫어진 양말에 대해 좀 더 연구해봐야겠다. 확실한 것은 뚫어진 양말 이야기로 30분 이상 수다를 떨며 큰 웃음이 그치지 않는다는 것이다.

탈의실에 눕거나 앉아서 수다를 떠는 해녀삼촌들이 늘 쉬기만 하시는 것은 아니다. 앉아서 도란도란 이야기꽃을 피우면서도 태왁을 손보거나 망사리를 다듬는다. 그리고 때론 찢어진 해녀잠수복을 수선하시기도 한다.
내일 있을 물질에 대비해 고무옷과 함께 장비를 점검하기로 했다. 고무로 만들어진 해녀잠수복은 보온이 잘되는 장점도 있지만 잘 찢어지는 단점도 있다. 갯바위에 긁히거나 뿔소라에 찔려 찢어지기도 한다. 무엇보다 고무옷을 입고 벗을 때 가장 잘 찢어지기에 여러 번 수선해야 한다.

이럴 때 해녀들은 투박한 손길로 고무옷을 직접 수선해 입는다. 잠수복은 바느질 대신 본드로 마감을 하는 것이 특징인데, 삼촌들 역시 고무옷 수선으로 본드를 사용하신다. 찢어진 부위에 고무본드를 발라놓고 어느 정도 굳기를 기다리는 동안 방 안에 본드냄새가 퍼졌다. 나 역시 어깨너머로 배운 솜씨로 혼자 뜯어진 고무옷을 수선하기 시작했다. 예전에는 고무냄새나 본드냄새를 참 싫어했는데, 언제부터인지 고무냄새와 본드냄새가 좋게 느껴진다. 이제 나도 진짜 해녀가 되어가는 것일까?

삼촌들과 마주 앉아 해녀복을 손질하며 깔깔깔 계속 웃고 떠들며 수다를 늘어 놓았다. 낙엽 굴러가는 소리가 아니라도 마주 보고 있으면 소녀들처럼 행복해하는 할망들 옆이라 마음이 따뜻하다.

해녀들의 부적팬티

해녀는 비가 오나 눈이 오나 물때가 되면 바다에 든다. 파도가 심한 날에도 바다에 들어야 할 때가 있는데, 내가 아무리 바다를 좋아한다 해도 날이 궂은 날은 바다로 향하는 길이 무서울 때가 있다. 오늘은 아침부터 비가 부슬부슬 내렸다. 비는 오지만 그래도 파도가 높거나 바다 날씨가 험악하진 않아 보였다.
바다에 들 때는 늘 작은 흥분이 인다. 묘하게 기쁘기도 하고 두렵기도 하다. 물때 시간에 맞춰 즐거운 마음으로 해녀 탈의장으로 출근했다. 탈의장 입구에 세워진 우산을 보니 몇 분이 오셨는지 짐작이 된다. 따뜻한 아랫목에서 휴식을 취하며 삼촌들과 함께 수다를 떨고 나니 오던 비도 그치고 바다도 다시 잔잔해졌다. 잔잔한 바다에서 비를 맞으며 하는 물질은 묘한 매력이 있다. 짠 바닷물과 빗물이 섞이고, 파도소리와 빗소리가 함께 뒤엉켜 마음도 촉촉해지는 느낌이랄까. 해녀들은 물에 들 장비를 점검하고 즐거운 안전물질을 위해 다 같이 "잘하자!"를 외치며 바다로 뛰어든다.

4~5시간의 물질이 끝나면 다시 탈의장으로 와 옷을 갈아입고 젖은 잠수복을 빨아서 말려둔다. 늘 하던 물질인데 오늘따라 유심히 삼촌들을 돌아보니 못 보던 게 보인다. 모두 빨간 팬티를 입고 계신다. 한 분도 아니고 삼촌들 모두가 약속이라도 한 듯 빨간색 팬티를 입으셨다. 잠수복을 입을 땐 빨간 팬티로 갈아입으시고, 다시 일상복으로 갈아입을 땐 일상 속옷으로 갈아입으신다. 곧 물에 젖을 텐데 왜 팬티를 갈아입지? 궁금해졌다. 조심스럽게 왜 팬티 색깔을 맞춰 입으셨냐고 물었다. 내 호기심 어린 질문에 삼촌들이 일제히 웃으신다.

"부적이다!"

빨간 팬티를 입으면 위험으로부터 보호를 받고, 해산물도 많이 잡을 수 있다는 해녀들만의 속설이라고 설명해주셨다. 그 후로 나 역시 빨간 팬티를 구해 물질을 할 때마다 입고 바다에 들어갔다. 해녀학교 동기생이 나에게 빨간 팬티를 선물해주기도 했다. 남편에게도 빨간 팬티가 부적 역할을 한다고 말해주니, 물에 드는 날이면 선물받은 빨간 팬티를 입고 물에 들어갔다.

해녀삼촌들도 물이 무서운 것이다. 마냥 물이 좋기만 한 것이 아니라, 준비운동 없이 물에 들어간다고 해서 바다가 만만한 것이 아니라 두렵기도 한 것이었다.

삼촌들에게 다시 물어봤다. 바다에서 일할 때 언제가 제일 무섭냐고. 무서운 적이 없다고 말하는 분도 계시고, 수애기(돌고래)가 나타나면 놀란다고 말씀하시는 분도 계시다. 돌고래 뒤를 따라오는 물고기들이 무섭다고 이야기하기도 하셨다. 돌고래가 물고기를 잡아먹으면 물고기의 피냄새를 맡고 상어가 떼로 몰려 따라온다고 한다. 그 모습을 보고 놀란다고도 말씀하셨다. 때론 큰 물고기들이 사람을 공격하거나 해치지는 않을까 노파심이 든다고 말하는 분도 계셨다. 또 같이 조업 중인 해녀가 물숨을 먹는 걸 보고 무서웠다고 말씀하시는 삼촌도 계시다. 해녀가 물숨을 먹었다는 표현은 죽음을 의미한다.

해녀삼촌들 역시 아무리 경력이 많고 오래 물질을 했다고 해도 바다가 두렵긴 한 모양이었다. 그래서 삼촌들은 미신이라도 빨간 팬티를 입으며 안전을 비는 것이다. 나도 해녀가 된 이후 안전을 빌며 바다에 나간다. 물질 후 잠수복과 빨간 팬티를 빨아 널며, 나와 삼촌들의 안전을 기도한다. 모두 내일 물질에서도 사고 없이 무사하기를. 오늘도 안전하기를.

.....

세상에서 가장 깊고 넓은 가슴을 가진 바다의 어머니들.

.....

〈엄마는 오십에 바다를 발견했다〉라는
연극 제목이 있다.
바다에서 70년을 넘게 살아온 분들은
그 자체가 깊은 바다다.
웃음이 돌고래 목소리처럼 예쁜 할망해녀,
이분들이 사라져가는 것이 너무 아깝다.

.....

노인의 모든 것이 늙거나 낡아 있었다.
하지만 두 눈만은 그렇지 않았다.
바다와 똑같은 빛깔의 파란 두 눈은
여전히 생기와 불굴의 의지로 빛나고 있었다.

인간은 나이 들어 죽을 수는 있지만
마치 패배하지 않는다는 것을 말해주듯이.
- 헤밍웨이, 〈노인과 바다〉 중에서

4장

해녀는 **해녀**다

해녀증

"남편! 드디어 나왔어! 해녀증!"

"삼촌들! 드디어 나왔어요! 해녀증!"

얼마 전 해녀증을 받았다. 드디어 제주도가 인정하는 정식해녀가 된 것이다. 해녀증을 손에 들고 만지작만지작 한참을 들여다봤다. 속으로 '내가 해녀가 됐다!' '나는 해녀다!' 몇 번이고 외친 것 같다. 너무 좋아서 입꼬리가 계속 귀에 걸렸다. 한참을 나사 빠진 사람처럼 헤헤거리며 자랑을 하고 다니다가 문득 정신이 들었다. 해녀증을 받아들고 나니 뭐랄까 가슴 깊은 곳이 찌르르해지는 게 책임감 같은 것이 느껴졌다.

해녀는 고된 육체노동이 수반되고, 자칫하면 큰 사고로 이어질 수 있는 극한의 직업이다. 그렇기에 요즘 젊은 세대에게 매력적인 직업은 아닐 것이다. 하지만 젊은 사람들이 지켜주지 않는다면 누가 해녀의 전통을 이어나가고 발전시킬까? 얼마 지나지 않아 제주해녀가 모두 사라질지도 모른다고 생각하니 마음이 무거워졌다.

해녀라는 직업을 갖고 있다 보니 보험 가입도 어려워졌다. 위험한 직업이라 보험 가입자 제외대상이 된 것이다. 이런 현실을 앞에 두고 있으면 뭔가 마음이 쓸쓸해진다. '이러니까 젊은 사람들이 해녀를 안 하려고 하지!' '해녀를 위한 국가적 복지를 강화해주면 좋겠다!' 뭐 이런 생각을 하면서 혼자 생각에 잠기기도 했다.

나와 남편은 어떻게 해남, 해녀가 되었을까 곰곰이 생각해보았다. 기억을 되돌려보니 우리는 프리다이빙을 하기 전에 외국에서 스노클링을 경험했었다. 우연히 바다에 뛰어든 것이 나비효과처럼 돌풍을 만들어 우리가 지금 이 제주에 내려와 있는 것 아닐까. 바다에 처음 몸을 담그던 순간들이 스쳐 지나가며 기분이 묘해졌다. 제주에서 한 달 살기를 했었고, 1년 살기를 지나 본격적으로 정착하기까지 많은 시간이 지났지만 모두 내가 해녀가 되기 위한 과정들처럼 느껴졌다. 운명처럼 그 모든 순간이 착착 맞아떨어지는 느낌이었다.

내가 처음 인턴해녀가 되어 바다에 들기 시작했을 때, 삼촌들은 나를 조용히 불러 이렇게 말씀하셨다. 그 당시에는 나만 인턴해녀로 활동했고, 남편은 내가 물질을 나가면 물마중을 나오거나 육지작업을 도와주는 일을 도맡아 하고 있던 터였다. 해녀삼촌께선 남편에게도 물질을 해보지 않겠냐는 이야기를 해보라고 하셨다.

"각시랑 벗해서 물질 아느크냐(아내랑 벗해서 물질해야 하지 않겠냐)."

나이가 들면 물질하는 해녀들이 줄어드니, 혼자 남을 아기해녀를 걱정해 남편을 해남으로 키우면 좋겠다고 생각하신 것이다. 그 덕분에 남편 역시 해남의 길을 걷게 되었다. 과거 언젠가 해봤던 스노쿨링 경험이 프리다이빙으로 이어지고 프리다이빙은 우리를 제주로 이끌었다. 연이어 프리다이빙이라는 취미가 물질을 하는 직업을 갖게 했고, 마법에 걸린 것처럼 제주에 내려와 살았고, 나와 남편은 해녀와 해남이 되었다. 하나하나 되돌려 생각해보면 그 무엇도 사소한 것이 없었다. 이게 바로 나비효과가 아닐까.

이런 생각도 잠시, 오늘 내가 받은 해녀증으로 일부 의료혜택을 받을 수 있다는 말을 듣고 또 한 번 기뻐서 펄쩍 뛰었다. 정말 감사한 일이다. 진료비, 간단한 검사비, 한의원에서 침 맞는 것도 모두 무료라고 한다. 물질을 하다 보면 여기저기 안 아픈 곳이 없는데 앞으로 유용하게 쓰일 것 같다. 빛나는 해녀증을 받아 들고, 설레고 무거운 마음으로 앞으로 살게 될 해녀의 삶에 대해 생각했다.

"그래! 더 열심히! 더 행복하게! 더 즐겁게 사는 명랑해녀가 되자! 아자!"

처음 제주에 내려와 해녀가 되겠다고 했을 땐 '저러다 말겠지 언젠가는 떠날 것'이라며 색안경을 끼고 바라보는 분이 많았다. 소외되는 순간도 있었고, 서울에서 내려와 낯선 삶을 사는 것이 버거운 순간도 있었다. 그러나 시간이 지나고 나니 곱지 않던 시선들이 조금씩 따뜻해지기 시작했다.

지금에야 다시 생각하지만, 제주에 내려오길 정말 잘했다. 그리고 해녀가 되길 정말 잘했다. 오늘 나는 제주의 해녀가 되었다. 더없이 기쁘고 뿌듯한 날이다.

……

먼 바다, 아니 아주 오래전 바다 해녀들을 떠올려본다.
바다의 또 다른 전설이었던 이어이어 이어도사나.

월급날

해녀도 월급을 받는다. 해녀들은 한 달에 두 번 보름 주기로 물때에 맞춰 출근을 한다. 상반기 5일, 하반기 5일, 한 달에 10일 정도 조업을 하며, 각 해산물들의 산란기에 따른 금채기간에는 해당 해산물들을 채취하지 않는다. 물때와 산란기를 피해 물질을 하기에 매일 바다에 들어갈 순 없다. 1년 평균 60일의 조업이 이루어진다. 해녀들은 조업일에 바다에서 채취한 소라를 수협에 납품하고 그 외 해산물(전복, 문어, 홍해삼, 보말(고둥), 미역, 톳, 성게) 등은 주로 사매로 판매한다. 수협에 납품한 해산물이 현금이 되어 돌아오면 어촌계장님은 개개인의 일일 수확물을 합산하여 수협과 어촌계의 수수료를 뗀 나머지 금액을 해녀 개개인에게 월급으로 전달한다. 한 달 평균 10일의 해녀조업. 일반적으로 알려진 내용보다 해녀들의 10일간의 조업을 통한 수익은 그리 많지 않다. 한 번의 바다 물질로 20~30만 원 이상을 족히 버는 고소득자들은 손에 꼽히는 몇몇 해녀뿐이다. 물질만으로는 생계를 꾸리기 힘들어 대부분 반농반어(半農半漁)로 살고 있다. 물질을 하지 않는 날은 감귤 농사를 짓거나 밭을 일구는 것이다.

물질은 자연이 허락해야만 할 수 있는 일이기에, 이 월급은 결코 적은 돈이 아니다. 나와 삼촌들에겐 굉장히 소중하고 고마운 돈인 셈이다. 그 옛날 우리 아버지들은 월급날이면 종이봉투에 통닭 한 마리씩 사 들고 집으로 퇴근하셨다는데, 나도 오늘 퇴근길에는 남편과 함께 나눠 먹을 야식거리를 사가야겠다.

감기와 술은 물질의 적

내 주량은 막걸리 두 잔이 전부이다. 물론 최선을 다해 마신다면 더 마실 수 있다고 장담한다. 그러나 술이란 것은 기분 좋게 마시는 게 최고라고 생각해, 딱 기분 좋은 두 잔까지만 마신다. 서울에서는 막걸리 한 잔이면 정신을 잃고 두 잔이면 유체이탈을 경험했던 나였다. 그런 내가 제주에 내려와서 물 맑고 공기 좋은 곳에 살다 보니 주량이 는 것이다. 두 잔의 행복을 느끼게 되었다.

이제는 술자리가 생겨도 막걸리 한 잔을 딱 기분 좋게 마시고, 물때가 아닌 경우에는 두 잔까지 마신다. 물때를 앞두고는 반드시 2~3일 전부터 금주를 한다. 술을 마시고 다음 날 바다에서 일을 하게 되면 이퀄라이징이 잘 안 되는 경우가 많기 때문이다. 이퀄라이징이란 압력평형을 맞추는 것이다. 물속에 들어가면 수압에 의

해 고막이 안쪽으로 밀리고, 그로 인해 귀에 통증이 찾아온다. 이때 공기를 귀 안쪽에 넣어주면 고막을 반대로 밀어 수압에 의한 압력과 평형을 맞추게 되고, 수압에 의한 고통을 해결할 수 있다. 그래서 나는 물론이고, 남편인 해남, 그리고 우리 해녀삼촌들까지도 물때에는 술을 마시지 않는다.

물질에 가장 큰 적은 술이라고 생각하겠지만 술보다 더 독한 것이 있다. 술보다 더 강력한 물질의 적은 바로 감기다. 감기에 걸리면 기침을 하거나 코가 막히기 쉬운데 이런 상태에선 물에 들어가기 힘들다. 감기 역시 이퀄라이징을 방해하기 때문에 자칫 물속에 들어갔다가 큰 사고를 맞을 수도 있다. 억지로 물에 들어갔다가는 고막이 터지거나 찢어지는 경우가 있으니 조심 또 조심해야 한다.
나는 남편의 손에 이끌려 스쿠버 다이빙을 배우러 간 적이 있다. 첫 다이빙 잠수 날, 배려 없는 강사 때문에 무리한 입수를 하게 되었고 그때 고막이 뚫리는 경험을 했다. 엄청나게 밀려오는 통증. 나는 인조고막을 설치하고 나서야 말 못 할 고통에서 벗어날 수 있었다. 나는 실제 물속에서 고막이 터져봤기에 수압 조절에 특히 예민한 편이다.
잘 마시지 못하는 술이지만 하지 말라고 하면 더 하고 싶은 게 사람 마음 아닌가. 그러나 지금까지도 물때가 다가오면 며칠 전부터 금주, 몸 관리를 하며 준비한다. 물질이 있는 내내 참다가, 마지막 조업을 끝내고 장비를 정리하고 집으로 돌아오는 저녁엔 어김없이 남편과 함께 술상 앞에 마주 앉았다. 막걸리 한 잔은 소박하지만 가장 행복한 잔이다. 힘든 물질이 더욱 기다려지는 것은 이 맛 때문이 아닐까.

몸으로 배우는 것들

해녀들은 물에 들기 전에 태왁을 점검한다. 물질 전에 반복하는 일상이고, 안전을 위해 빠트려선 안 되는 중요한 과정이지만 젊은 생각이랄까? 아니면 내 경험이 부족해서일까? 굳이 이렇게 매일 손봐야 하나 싶을 때도 있다. 물질을 끝내고 장비를 정리할 때 한 번 체크하면 될 텐데 뭣 하러 물질 전후로 이렇게 확인 작업을 하는 것일까.

그러다 바다에서 갑작스럽게 펼쳐지는 황당한 일을 겪고 난 뒤, 태왁 점검이 얼마나 중요한 일인지 깨닫게 되었다. 태왁 아랫부분에 해산물을 담는 망사리 밑에는 매듭이 있는데 수확물을 옮길 때 이 매듭을 풀었다 묶었다 한다. 그런데 그만 바다에서 소라를 열심히 잡아 올리는 도중에 그 매듭이 풀려버렸다. 매듭이 풀어지면서 몇 시간을 고생해서 잡은 해산물들이 전부 깊은 바다로 떨어졌다. 너무 당황하고 놀란 나머지 눈을 동그랗게 뜨고, 떨어지는 해산물들을 쳐다봤다. 태왁 어음이 부러졌던 것과는 또 다른 황당한 사고였다.
풀린 매듭을 다시 매면 된다고 생각하겠지만, 바닷속에서 매듭을 매려고 하면 숨을 참고 물속에서 어깨와 등으로 소라가 담겨 있는 망사리의 하중을 버티며 그 매듭을 다시 묶어야 한다. 얼마나 어려운지 해보지 않은 사람은 모를 것이다. 우리 해녀삼촌들은 50년을 넘게 물질을 해오신 분들이다. 아마도 바다에서 경험을 통해 몸으로 익히고 배운 것들이 많겠지. 삼촌들은 습관적으로 물에 들기 전에 모든 장비를 재점검하고, 확인한다. 바다에서의 일은 정말 고되고 또 언제든 위험한 순간이 닥칠지 모르기에 늘 만반의 준비를 하고 계셨던 것이다.

태왁 매듭이 풀렸던 사건 말고 또 다른 황당한 사건이 있었다. 지금 생각해보면 경력이 부족한 아기해녀이기에 저지른 실수였던 것 같다. 수영장이나 바다에서 수경이나 스노클링마스크를 사용할 때, 서리가 생기지 않게 하는 서리 방지액이 있다. 하지만 이 방지액을 해녀수경에 바르면 너무 많은 면적에 도포되어 눈이 맵고 따가워진다.
대신 해녀삼촌들은 바다에 들기 전 서리 방지를 위해 쑥즙을 수경에 바른다. 쑥을 바닷물에 적신 뒤 즙을 낸 천연 서리 방지액이 제 역할을 톡톡히 해내 눈도 따갑지 않고, 서리도 끼지 않아 물질을 잘할 수 있게 돕는다.

"오! 삼촌! 쑥즙을 바르면 서리가 안 생겨요? 그런 건 어떻게 아셨어요?"

"옛날부터 이래 해왔다더라."

도대체 이 쑥즙을 이용하면 서리를 방지할 수 있다는 사실을 어떻게 알았을까? 생각할수록 대단한 삶의 지혜다. 물때가 되면 해녀 탈의장으로 출근해 수경을 닦기 위한 쑥을 구하는 것이 물질 시작 전에 준비해야 할 일이 되었다. 탈의장 주변의 양지바른 곳의 숲길을 어슬렁거리다 보면 쑥들이 자라 있는 것을 발견할 수 있다. 그러다 보니 해녀 탈의장 주변의 쑥들이 점점 사라져가는 걸 느낄 수 있었다. 물때에 해녀들이 다들 쑥을 끊어 가기 때문일까?

지난번 물질 땐 미처 쑥을 챙기지 못해 그냥 침으로 퉤퉤~ 닦으면 되겠지 하고 물에 들었다가 수경에 습기가 차 큰 곤욕을 치렀다. 그날은 김 서림 때문에 물에 들 때마다 수경을 닦고 다시 착용하느라 양쪽 볼에 상처가 생기고, 얼굴은 수경 자국으로 동그랗게 타고, 물질은 물질대로 못 하고, 체력은 금방 바닥이 났다.

깊은 바다에서 수경을 벗었다 썼다 하는 과정은 생각보다 쉽지 않은 일이다. 짠물이 머리를 덮치면 생각보다 힘들다. 이 경험을 통해 쑥이 얼마나 큰 역할을 하는지 느낄 수 있었다.
그날의 기억을 잊지 않기 위해 우리 집 마당 한편에 쑥밭을 만들기로 했다. 시골생활의 우영밭(텃밭)은 먹거리를 심는 것이 일반적이지만 나는 이곳에 쑥을 가득 심었다. 해녀 출근길에 넉넉히 쑥 한 움큼 들고 가면 삼촌들과도 나눠 쓸 수 있으니 얼마나 좋은가. 볼 때마다 싱그러운 향에 기분까지 좋아진다. 집을 들어올 때 나갈 때 이 쑥밭에서 잘 자라고 있는 쑥들을 보면 절로 웃음이 난다. 왠지 물질이 잘될 것 같은 생각이 든다.

태왁의 매듭이 풀린 사건으로, 쑥즙을 바르지 않아 수경에 서리가 껴 고생했던 경험으로 나 역시 물에 들기 전엔 꼼꼼하게 장비들을 살피며 다시 확인 또 확인한다. 해녀들은 무엇이든 허투루 하지 않는다. 몸으로 직접 경험하고 배운 삶의 지혜가 느껴진다.

……

첫 수경. 해녀가 되고 쓴 이 수경이 나에게는 등불과도 같다.
검은 모래로 이루어진 공천포 바닷속을 바라보게 해주는 눈.

해녀가 주는 울림

나는 해녀로 살고 있다. 해녀라는 직업이 나와 남편에게 영감을 주고, 인생에 큰 전환점이 된 것이 사실이다. 나는 우리 부부에게만 해녀가 특별한 존재인 줄 알았는데, 생각보다 많은 사람에게 영감과 영향을 주는 직업인 것 같다.

나는 얼마 전 제주에서 열리는 해녀 관련 연극에 육지해녀로 캐스팅되었다. 우도에서 사진을 찍는 이성은 작가의 소개로 우연히 여성학자로 활동 중인 오한숙희 님을 소개받게 되었고, 여러 인연을 거쳐 해녀를 주제로 한 연극의 육지해녀 역을 맡게 된 것이다. 해녀 2세대로 육지에서 내려온 도시해녀 역할이다.

해녀를 주제로 한 연극, 그 자체만으로도 가슴이 설레었는데 배우로 무대에 오를 기회가 주어져 더욱 흥분됐다. 작은 행사의 무대가 아닌 제주의 컨벤션센터의 거대한 무대에서 말이다. 물론 전문 배우가 아니라 어설프고 어색하긴 했지만, 즐거운 경험이었다. 제주시 해녀학교 친구들이 해녀 지망생 역할로 출연하기도 했는데, 여러 인연들이 모여 하나의 작품을 만들어냈다는 게 놀라웠다.
서울에서 연극 연출과 지도를 위해 내려오신 남인우 감독님의 지휘하에 이루어낼 수 있는 연극이었다. 걱정 반 떨림 반으로 시작한 연극은 마치 내 인생과도 닮아 있었다. 내가 맡은 역할은 내 삶의 이야기가 투영되어 있어 애정이 많이 갔고, 오히려 연극에 도전하지 않았더라면 후회했을 것이라고 생각할 정도다.

해녀는 그 자체만으로도 예술가들에게 영감을 주는 듯하다. 예술가뿐만 아니라 콘텐츠를 활용하는 사람들에게 좋은 소재가 된다. 나와 남편은 해남과 해녀라는 직업을 갖게 되면서 제주를 더 사랑하게 되었고, 제주해녀를 더 많이 알려야겠다는 사명감을 갖게 되었다.
용기를 내어 출연한 연극 덕분에 해녀를 주제로 만들 수 있는 콘텐츠가 많다는 생각에 다다랐다. 우리는 밖거리 집을 독채민박으로 운영하고 있는데, 민박을 이용하는 사람들에게 전통해녀복을 입고 사진을 찍을 수 있는 포토존을 제공하기로 마음먹었다. '돌트멍 명랑해녀 홈스테이 포토존'인 셈이다. 돌트멍이란 돌의 틈새를

뜻하는 제주말로, 우리가 운영하는 민박집의 이름이다. 해녀를 직업으로 삼고 있지만, 물질만으로는 생계를 유지할 수 없기에, 해녀를 콘셉트로 한 민박집을 운영하고, 해녀를 더 많이 알릴 수 있는 문화적 콘텐츠를 더 많이 만들어내자고 다짐했다.

가족과 함께 여름휴가를 온 꼬마 아가씨가 처음으로 포토존의 모델이 되었다. 89세에 은퇴하신 해녀삼촌께서 직접 침침한 눈과 부들부들 떨리는 손으로 미싱을 돌려 만들어주신 전통 해녀복이다 보니 마감이 다소 거칠긴 하지만 그만큼 의미가 있는 옷이다.
원래 이 물소중이는 해녀들이 직접 만들어 입었던 의복이기에 지금은 구할 수 없을 뿐 아니라 구한다고 해도 상품이 아닌 작품활동을 하는 소수의 작가들에 의해 만들어진다. 따로 구매라도 할라치면 너무 고가로 판매되어 구입이 망설여지는 의복이 되어버렸다. 은퇴하시고 연로하신 해녀삼촌이 오래전 만들어 입었던 물소중이를 몇십 년 만에 다시 만들면서, 옛 기억을 얼마나 많이 되뇌셨을까?
몇십 년 만에 아기해녀를 본다며 힘든 물질을 왜 하려고 하는지 이해가 안 된다며, 위험한 물질은 하지 말라고 말씀하시지만 한편으로는 그런 내가 기특해서 물소중이를 만들어준다고 하셨다.
"고맙습니다, 삼촌! 이제부터 이 물소중이는 제 보물 1호예요! 너무 예뻐요!"
나는 우리 민박을 찾는 손님들에게 물소중이를 보여드리고, 사진을 찍을 수 있는 기회를 드린다. 간접적으로나마 해녀들의 전통을 이해하고 만날 수 있는 시간을 마련해주고 싶었던 것이다.
해녀는 많은 사람에게 영감을 준다. 어떤 이는 해녀를 주제로 연극을 만들기도 하고, 어떤 이는 해녀들의 의복을 재현하기도 하며, 어떤 이는 해녀를 콘셉트로 음악을 만들고, 사진을 찍고, 그림을 그리는 등 해녀의 전통을 알리고 이어나가기 위해 노력한다.
예술가들에겐 뮤즈가 되고, 나처럼 제주를 사랑하는 사람들에겐 또 다른 영감과 주제가 되어 다시 살아나는 '해녀'를 통해 많은 것들을 배운다. 해녀는 여전히 큰 울림을 준다.

.....

해녀들이 사라지고 있다.
해녀를 보존해야 한다.
그러기 위해 해녀도 잘살아야 한다.

마을 어장 지키기

물질을 마치고, 샤워를 하고, 삼촌들과 함께 탈의장에 누워 잠깐의 휴식을 가졌다. 다시 마당에 나와보니 우리의 목숨 줄이고 쉼 줄이고 보물자루인 태왁도 쉬고 있다. 우리 몸을 보호해주는 잠수복과 오리발, 연철, 물안경이 가지런히 널려 있는 풍경을 보니 뭔가 모를 안도감이 밀려온다. 곧 명절이 시작되니 이 물질 도구들도 휴식을 취할 것이다.

명절이 되면 해녀들도 물질을 멈추고 집으로 돌아간다. 나이 지긋하신 해녀들은 다시 누군가의 아내, 누군가의 어머니, 누군가의 할머니로 돌아가 가정을 지킬 것이다. 명절을 준비하는 해녀삼촌들의 모습이 분주해 보인다.

나도 어느덧 제주 사람이 다 된 것 같다. 우리 부부는 명절이면 서울에 올라가지 않고 제주에 머문다. 가족들이 모두 제주로 내려오기 때문에, 마치 제주가 원래 고향인 사람들처럼 명절 연휴를 보낸다. 특별히 음식을 해 먹거나 어른들을 모셔야 하는 상황이 아니라 명절이면 꽤 여유가 생기는 편이다. 결혼한 여자들이 앓는다는 명절증후군 따윈 모르고 산 것이 감사하다.

덕분에 명절이면 우리 부부는 마을 분들을 대신해 마을 어장을 감시하고 관리하는 일을 맡는다. 다들 명절이면 음식준비로 바쁘기 때문에 그나마 시간이 있는 우리 가족이 돌아가며 마을 어장을 지키는 것이다. 제주는 바다 전체가 마을 어장이라 해도 부족하지 않은데, 종종 객지인이나 서리꾼들이 마을 어장에 숨어들어 해산물들을 훔치기도 한다. 때문에 밤낮으로 어장관리에 신경 써야 하는데, 명절이면 서리꾼들도 휴업을 하는지 바다가 조용했다.

집집마다 음식 만드는 냄새를 풍기고, 물질이 없는 바다는 오늘따라 더 잠잠하다. 남편과 함께 마을 어장을 지키다가 잠시 해녀 탈의장에 들렀다. 문단속도 할 겸, 잠시 숨 좀 돌릴 겸. 해녀 탈의장에는 작은 주방과 싱크대가 설치되어 있는데, 오늘따라 이 수도꼭지가 눈에 들어왔다. 얼마나 오랫동안 이곳을 지키고 있었을까. 이제는 물이 사방에서 흘러나와 제 기능을 하지 못하고 있는 수도꼭지지만 함부로 버리기 미안해지는 녀석이다. 해녀들의 삶을 곁에서

온전히 지켜보았을 텐데, 이젠 보내주어야 할 때가 된 듯하다.

"수도꼭지 좀 바꿔야 할 것 같아."
남편에게 시간이 나면 탈의장 수도꼭지를 바꿔 달아달라고 부탁했다. 마을 어장도 지키고, 탈의장 점검과 문단속을 하며 명절 연휴를 보냈다. 마음 바쁜 명절에 마을 어장을 지키느라 고생했다고, 이 집 저 집에서 정성으로 만든 명절 음식을 보내주셨다. 밥 먹고 가라고 상군해녀가 저녁식사에 초대해주기도 하셨다.
제주는 원래 해산물이 풍부하고, 음식이 푸짐한데 명절 인심이 더해져 차려주신 밥상다리가 부러질 듯 보였다. 벌써 몇 년째, 이곳 제주에서 명절을 보내고 나니 서울에서 태어나 서울에서 자란 우리 가족에게 제주는 따뜻한 고향이 되어 있었다.

질투와 경쟁을 없애는 방법

해녀는 공동체 문화를 유치한다. 물질을 할 땐 꼭 무리를 이뤄 함께 바다에 들어가는데 바다에서 일어날 수 있는 사고를 대비하기 위함이다. 해녀공동체는 대상군부터 아기해녀와 할망해녀가 모두 자유롭게 의견을 주고받고, 협력하는 문화를 가지고 있지만 마을 공동체에 국한된다는 약점이 있다.

바로 옆 마을 해녀공동체를 경쟁관계로 생각하고 있기 때문에 서로를 서로를 은근히 신경 쓴다. 아마도 마을과 마을의 경계를 기준으로 마을 어장을 지키고 관리하기 때문이라 생각한다. 마을 안의 해녀공동체는 배려의 문화, 공동의 문화를 실천하고 있지만 마을 밖으로 나가면 경쟁과 적대심이 강해진다. 나는 이런 문제를 조금이나마 풀어보고 싶은 작은 욕심이 생겼다. 제주의 해녀들이 서로 소통하고, 교류하고, 경쟁이 아닌 상생으로 살아갈 순 없을까.
부푼 마음으로 옆 마을 해녀들과 잘 지내고 싶어 끊임없이 친해져 보려 했으나 쉬운 일은 아니었다. 그런 와중에 망장포 해녀들과 가까운 이웃사촌으로 지낼 수 있게 된 것은 정말 감사할 일이다.

제주에선 해마다 제주해녀를 위한 축제가 열리는데, 제주도 전역의 해녀들이 각 어촌계를 대표해 한자리에 모이는 큰 축제이다. 해녀의 따뜻한 문화가 마을 안에서만 이루어지는 게 아니라 마을 밖에서도 이어지길 바라는 마음에, 제주해녀축제에 참석하기로 마음먹었다.
축제 자체만으로도 의미가 있고, 해녀 이외 도민이나 관광객들이 함께 참여할 수 있는 다양한 행사가 준비되어 있었다. 하지만 이 축제에 대한 갑론을박이 상당하다고 한다. 해녀축제 행사 중에 '물질대회'라는 것이 열린다. 이번에는 해녀학교 새내기들을 위한 물질대회도 있어 공천포와 해녀학교를 대표해 나 역시 대회에 참가하게 되었다. 물질 대회는 해녀들의 물질 솜씨와 기량을 겨뤄보고 시합하는 대회인데, 이 대회가 해녀사회의 경쟁을 더 부추긴다는 의견이 제기되었다.
해녀들의 문화는 공동체 문화이고 배려의 문화인데, 이런 해녀들을 한자리에 모아놓고 경쟁구도를 형성하고 마을별 해녀별 싸움을 붙이고 있다는 의견은 충분히 귀담아 들어야 한다. 또한 대회 참석을 위해서는 가져갈 개인의 준비물이 만만치 않다. 태왁, 잠수복, 물안경, 오리발, 연철… 이 많은 준비물들을 챙기고, 해녀삼촌들을 차에 태워 왕복운전, 물질대회 준비, 해녀삼촌들을 챙기는 일까지 하다 보면 하루가 정신없이 지나간다.

매년 문제가 제기되고 있는 물질대회는 축제에서 사라질 예정이라고 한다. 해녀들의 따뜻한 공동체 문화와 바다를 사랑하는 마음을 더욱 강조한 행사로 수정 보완되면 좋겠다. 이렇게 약간의 문제가 제기되고 있긴 하지만 제주해녀들을 위해 해마다 크고 멋진 축제가 열린다는 것에 감사하다.
해녀들의 문화는 알면 알수록 따뜻하고, 정이 많이 느껴지는 문화다. 그것이 마을 구성원들 간에만 이루어지는 것이 아니라 제주도 전역으로 퍼져 따뜻한 소통과 교류가 이루어지면 좋겠다. 해녀들의 고령화, 전통을 이어받으려는 젊은이들이 부족한 현실 앞에서 더욱 해녀들의 문화를 알리고 발전시켜나가야겠다.

아 맞다,
나 해녀지!

비가 내린다. 하늘에서 비가 내려와도 바닷속에는 비가 내리지 않는다. 해녀들은 어지간한 파도만 없으면 물에 들어가는데, 오늘은 아침부터 계속 비가 내려 물질이 염려된다.

막내인 나는 늘 1등으로 출근해 삼촌들이 오시기 전까지 탈의장과 샤워장 청소를 한다. 누가 시켜서 하는 일이 아니라 그저 내가 좋아서 스스로 준비하는 것들이다. 삼촌들과 나눠 쓸 쑥도 뜯어 와 준비해두고, 청소와 주변 정리를 마치고, 삼촌들이 출근하시기를 기다렸다. 누군가는 청소나 뒷정리를 도맡아 하는 게 억울하지 않느냐고 물어볼지도 모른다. 억울하지 않다. 삼촌들에게 조금이나마 힘이 되고 도움이 된다면 그걸로 족하다.

어김없이 1등으로 도착해 이것저것 찾아서 할 일을 하다 보니, 삼촌들이 모두 탈의장으로 출근을 완료하셨다. 물질을 위해 다시 한 번 날씨를 살피는데, 계속 비가 내린다. 비가 내려도 물질은 하지만, 점점 파도와 바람이 높아지는 것이 보인다. 상군해녀와 삼촌들이 오늘 물에 들어갈지 말지를 의논하신다. 바다를 살피기를 여러 번. 결국 상군해녀들은 오늘 물질을 포기하고 내일로 연기하셨다. 모두의 안전을 위해서다.

나는 삼촌들과 배를 깔고 누워 에라 모르겠다, 한 판 수다를 떨었다. 때마침 마을을 지나가는 만물상 트럭 아저씨가 문을 두드리신다. 똑똑똑 계십시까. 마침 어제 소라를 판매한 급여도 받아 지갑이 두둑하던 차, 삼촌들과 둘러앉아 만물상 아저씨가 내놓는 물건들을 열심히 구경했다. 시골생활 필수품인 내복과 허리복대, 슬리퍼, 전기장판까지 없는 것이 없다.
물질이 없는 날에도 삼촌들과 둘러앉아 떠드는 수다가 좋고, 흉내 낼 수 없는 삼촌들의 제주말도 좋고, 비가 내리는 제주 앞바다가 좋다. 종일이라도 삼촌들과 앉아서 수다를 떨 수 있을 것 같다. 이렇게 나이 많은 할망들과 오래 이야기를 나눌 수 있게 되었다는 것도 신기하고, 바다에 들어가지 못하는 걸 아쉬워하는 해녀가 되었다는 것도 놀라운 일이다. 제주에서 살다 보면 '아, 맞다 나 해녀지' 하며 놀라워하는 순간들이 찾아오곤 한다.

……

내가 가장 힘들어하는 일이다.
소라를 짊어지고 돌바닥을 걸어 뭍으로 올라가야 한다.
얼마나 무거운지. 그래도 내게는 진주라서 즐겁다.

반갑고도 반가운 녀석들

해녀들을 가장 기쁘게 하는 해산물은 역시 뭐니 뭐니 해도 전복, 홍해삼, 돌문어다. 그중에 가장 잡기 힘들고 귀한 녀석은 전복인데 1킬로그램이 넘어가는 전복은 내 얼굴 크기만 하기도 하다. 용왕님이 허락해주어야만 만날 수 있다는 말이 있을 정도로 귀한 녀석이다. 전복을 만나기 위해서는 수심이 깊은 곳으로 가야 함은 물론이고 그날 운이 정말 좋아야 한다.

이렇게 큰 녀석들이 유유히 돌 위를 걸어 다니는 모습을 보면 장관이다. 스물스물 천천히 걸어 다니는 모습을 보면 돌멩이가 살아 움직이는 듯 보인다. 가느다란 더듬이 같은 것도 보이고 이리저리 살피는 듯한 움직임에 감탄을 내지른다.

한번은 빗창을 가지고 물에 들어가지 않았는데 커다란 덩치로 걸어 다니는 전복을 보았다. 빗창이 없는 상황이라 순간 고민을 많이 했다. 이대로 올라가면 다시 찾기가 쉽지 않기 때문이다. 전복이 돌에 붙어 있는 상황이 아니니 손으로 잡아떼면 될 것 같지만 해녀들 사이에서는 전복을 손으로 떼는 것은 금기에 해당한다. 손으로 잡아떼려는 순간 전복이 손을 누르면, 돌에 달라붙게 되면서 사람의 힘으로 손을 빼낼 수가 없기 때문이다. 더군다나 이렇게 큰 전복에게 손을 물린다면 굉장히 위험하다.

순간 많은 생각을 했지만 물질은 안전이 최고 우선이기 때문에 주변에 표시를 해두고 천천히 위치를 파악하면서 수면 위로 올라와서 빗창을 챙겼다. 크게 숨을 들이마시고 전복을 찾기 위해 다시 물속으로 들어갔지만 역시나, 전복을 다시 찾는 일은 쉽지 않았다. 수심이 깊은 곳을 왔다 갔다 하며 여러 번 찾아보았지만 이런 날은 용왕님이 허락해주지 않는 걸로 생각하고 깨끗하게 잊어버려야 물질이 수월해진다.

손바닥만 한 작은 전복은 이후에 많이 잡았고, 얼마의 시간이 지난 뒤에 1킬로그램 이상 나가는 전복도 잡게 되었다. 해녀삼촌들께서 '전복이 썩었다게' 하시며 큰 전복 딴 것을 축하해주었다. 그때 잡지 못했던 녀석일까? 아니면 다른 녀석일까? 앞으로 새로운 기록의 전복을 만날 때를 기다려본다.

두 번째로 반가운 녀석들은 겨울철에 만나는 홍해삼이다. 우리 공천포는 모살판(모래판)이 많아 해삼이 살기에 적합한 곳이다. 때문에 홍해삼철에는 다른 해삼들도 함께 잡아 올린다. 이 해삼을 살기 위해 어촌계에서는 3년간 홍해삼을 총 9만 미를 종묘했다. 우리 바다에서 해삼이 많이 잡히는 이유는 이렇게 열심히 관리하고 좋은 환경을 유지하기 때문이다.

깊은 바다에 가보면 홍해삼이 잘 자라는 곳이 있는데, 넓적한 큰 바위 위에 볕이 잘 들어오고 해조류가 잘 자라 있는 곳에 팔뚝만 한 크기의 홍해삼들이 산다. 60~70센티 정도 길이의 홍해삼이 일광욕을 하듯 자리 잡고 있는 모습을 보면 감격적이기까지 하다.

보기에는 너무 크고, 등은 호랑이처럼 얼룩무늬가 있고, 배는 화려한 빨간색에 등에는 뿔이 잔뜩 나 있어서 무서운 느낌도 들지만 이제는 너무나 반갑고 귀여운 녀석이다. 손으로 잡고 올라오면 기다란 몸을 웅크려 공처럼 둥그렇게 만드는데 그 모습이 무척 귀엽다. 이 해삼을 잡으려면 해삼 똥을 찾아야 한다. 해삼은 모래를 먹고 그 안에 있는 영양분을 섭취한 뒤 똥을 싸는데 그 모양이 꼭 소시지 같다.

이 똥의 생김새에 따라 최근에 싼 것인지 하루 전 또는 며칠 전에 싼 건지 파악해야 한다. 최근에 싼 똥이라면 분명 근처에 해삼이 숨어 있을 테니 매의 눈으로 구석구석 뒤진다. 해삼 똥을 발견하면

1차로 기쁘고, 해삼을 발견하면 2차로 기쁘다. 해삼은 순차적으로 기쁨을 주는 녀석이다.

세 번째로 반가운 녀석은 돌문어인데 이 문어는 생각보다 굉장히 똑똑하다. 그래서 뜻밖의 위치에서 자주 만나게 되는데 그중 기억에 남는 상황이 있다. 봄이 되어 미역이 자라기 시작 할 때였다. 뿔소라를 잡기 위해 바다 밑으로 들어가서 열심히 작업을 하는데 누군가가 나를 지켜보는 느낌이 들어 옆을 쳐다보니 문어와 눈이 딱 마주치게 된 것이다.
모래가 있는 돌 옆이었는데 떨어진 미역을 잘 펴서 커다란 우산을 머리 위에 쓰고 있는 모습이었다. 바닥에서 옆으로 보니 보이는 것이지 얼핏 봐서는 절대 문어를 찾을 수 없는 모양새였다.
또 한 번은 커다란 조개 뭉치가 있어서 손으로 잡으니 그 안에서 문어가 튀어나와 깜짝 놀란 적도 있었다. 커다란 조개껍데기 네 개를 뭉쳐서 사각형 형태를 만들어 그 안에 들어가 숨어 있던 것이다. 이렇게 똑똑한 문어를 잡는 방법은 순간 포착하듯 한 번에 잡는 것인데 나는 아직 그게 익숙하지 않아 문어와 힘 싸움을 해야 한다.
얼마 전에 2킬로그램 문어를 잡았는데 이 녀석 힘이 얼마나 좋은지 내 손아귀를 벗어나 목덜미까지 올라오는 걸 속수무책으로 당했다. 문어가 얼굴 쪽으로 올라오면 위험하다는 이야기를 많이 들어서 부리나케 곁에 있는 해녀삼촌에게 달려가 떼어달라고 도움을 요청했다.

오래전 제주바다에서는 무릎 정도의 수심에서도 전복이 나오고 오분자기가 많이 잡혔다고 한다. 하지만 이제는 이 세 해산물을 보기 힘들기 때문에, 만났다는 것 자체만으로도 반갑고 기쁘다. 아직 아기해녀인 나도 이런 에피소드가 많은데, 삼촌들은 오죽하실까.

제주의 바다환경이 너무 많이 변했고, 생태계도 많이 바뀌었다고 한다. 예전만큼의 청정함도 사라졌다. 바다에서 살아가는 해녀로서 이 바다의 모습을 잘 지키고 싶다. 풍성했던 제주바다의 예전 모습을 본 적은 없지만, 풍요롭던 바다의 모습이 해녀 선배들의 이야기 속에서 내 마음으로 전해져 상상만으로도 그리워하게 되었다.

……

전통 제주해녀복이다.
보기에는 단아한 느낌이지만 이 차림으로 겨울 바다에 뛰어들어
살갗을 찌를 듯한 추위를 견디며 해산물들을 채취했다니
얼마나 힘들었을까.

해녀도
명함이 있습니다

전생이 있다면 나는 무엇이었을까? 우리 해녀삼촌들은 전생에 진짜 인어였을까? 인어가 아니라도 고래나 바다거북처럼 바다에서 한 가닥 하는 생명체가 아니었을까. 육지에 사는 사람이 물질을 하며 산다는 것이 신비롭게 느껴지기도 하고, 때론 두려움이 일기도 한다. 내가 전생 운운하는 것도 같은 맥락이다. 무엇이 연이 되었기에 나와 삼촌들은 바다로 뛰어드는 것일까. 내가 아무리 바다를 좋아하고, 물질을 좋아한다 치더라도 바다일은 위험하고 고된 일이다. 해녀들은 모두 목숨을 내놓고 바다로 뛰어들고 있다.

물질을 하고 무사히 육지로 올라와 휴식을 취할 때면 새삼 자연의 놀라움이 느껴지기도 한다. 자연이 허락한 날, 자연이 허락한 만큼만 해산물들을 잡을 수 있다는, 자연의 공평함이 온몸으로 전해질 때도 있는데 이럴 땐 묘한 흥분이 찾아온다. 바다에서 일한다는 것은 자연의 일부가 된다는 말일지도 모른다. 해녀삼촌들은 오랜 세월 물질을 하시며, 말하지 않아도 이런 자연의 섭리를 몸으로 깨우치셨겠지.

나는 물질이 너무 좋다. 바닷속은 육지와는 또 다른 세계다. 헤엄치는 물고기들을 손으로 잡아보기도 하고, 전복에게 말을 걸어보기도 한다. 보호색으로 무장한 문어를 발견하기라도 하면 바닷속에서도 소리 없이 씩 입꼬리를 올리며 웃는다.
"하이, 전복! 굿모닝, 문어! 내가 너희 잠을 깨웠니?"
바다에서 물질을 하는 날이면 평소보다 기분이 더 업된다. 바다에 들지 않는 날이면 몸이 근질거린다. 서울에 살던 때를 생각해보면 상상하기도 힘든 모습이다. 삼촌들은 바다에 들지 못하는 날이면 섭섭해하는 나를 보며 "바다에 미쳤다"며 혀를 내두르신다. 바다가 그렇게 좋으냐고, 좋은 직장 버리고 내려와 이게 무슨 고생이냐며 내 등을 애정을 담아 통통 때리기도 하신다.
그러다가도, 1년도 못 하고 도망갈 줄 알았던 아기해녀가 진득하게 머물러 앉아 나름 해녀랍시고 이것저것 부지런히 해내는 일들을 보며 뿌듯해하시기도 한다. 내 표정에서, 내 행동에서 보이는 것들이 있었겠지. 해녀삼촌들과 마주 앉아 태왁을 점검하거나 망사리를 다듬기도 하고, 함께 오일장에 나가 물질에 필요한 장비를 구입하기도 하며, 진짜 해녀로 하루하루를 살아나가고 있다.

서울에서 살 때도 행복하긴 했지만, 종종 행복하다는 것을 잊고 살았다. 하지만 제주에 내려와 살게 되면서부터는 구태여 행복을 생각하지 않아도 행복하다. 매 순간, 감사하고 따뜻하다. 남편이 어느 날 해녀의 삶에 심취(?)해 있는 나를 위해 깜짝 선물을 해주었다. 물질을 끝내고 올라와 웃는 사진을 찍어주며, '명랑해녀' 프로필 사진을 만들어주었고 직접 그림을 그려 해녀 명함도 만들어주었다. 디자이너 출신인 남편이 전문적인 지식과 기술 그리고 경험을 통해 얻은 노하우를 바탕으로 나에게 멋진 선물을 해준 것이다. 서울에 살 땐 처음 만나는 사람들에게도 명함을 내밀며 자기소개하기가 수월했는데, 제주에서 해녀로 살면서부터는 나를 소개하는 것이 살짝 어렵긴 했다.
서울에서 왜 제주로 내려왔는지, 어떻게 해녀가 되었는지, 구구절절 설명하기도 쉽지 않았다. 그런 내 마음을 알았는지, 남편은 내 닉네임을 딴 명랑해녀 명함을 만들어주었다. 남편과 나는 재미있는 일을 꾸밀 땐 정말 쿵짝이 잘 맞는다. 해남 해녀 명함을 만들어 손에 쥐어보고 한참이나 깔깔거리며 웃었다.
삼촌들은 명함까지 팠냐며 웃으시고, 나를 아는 지인들은 왜 이제야 명함을 만들었냐 웃고, 우리 부부를 처음 본 사람들은 "해녀가 명함도 있어요?" 하며 놀라워했다. 제주에 살면서 바다를 사랑하고, 해녀를 사랑하고, 인생을 사랑할 수 있게 되었다.

나도 내가 해녀가 될 줄 몰랐다. 이렇게 제주바다를 사랑하게 될 줄 몰랐다. 가끔 해녀 명함을 꺼내 들고 나를 소개하는 순간이 오면 이런 생각을 한다. 나는 남들은 살지 못한 두 번째 세 번째 인생을 덤으로 살고 있노라고 말이다.

해녀는 어디에서 왔을까

해녀의 발상지는 제주도이다. '발상지'라는 단어는 역사책 속에서나 등장하는 말이라고 생각했는데, 해녀의 발상지가 제주도라는 생각을 하니 무언가 낭만적이라고 느껴졌다. '해녀의 발상지'라고 가만히 입으로 읊조려본다. 기분이 묘하다.

현재 전 세계를 통틀어 해녀가 존재하는 나라는 한국과 일본뿐이라는 기록을 봤다. 우리나라는 작은 섬이나 해안을 따라 해녀가 분포되어 있는데, 대부분 제주도에 밀집되어 있다. 기록을 보면 우리나라 해녀들은 외국으로 나가 오랫동안 출가생활을 하기도 했다고 전해진다. 외국 바다에도 비싼 해조류가 많아, 외국에서 버는 수익이 제주도에서 버는 수익보다 더 높았기 때문에 외국으로 나가 물질을 했던 것이다. 이 때문인지 중국이나 러시아 쪽에도 해녀들에 대한 기록들이 조금씩 남아 있다.

한국과 일본의 해녀가 유네스코에 공동 등재되면서 나는 한국의 해녀뿐만 아니라 일본의 해녀들에게까지 관심이 생기기 시작했다. 나와 남편은 해녀들의 역사와 문화에 관심이 많았기에 시간 날 때마다 자료를 찾아봤는데, 일본해녀들에게까지 관심이 확대된 것이다. 그러다 문득 사진으로만 볼 것이 아니라 직접 두 눈으로 일본의 해녀를 만나고 오자는 결론에 다다랐다. 우리는 일본해녀들을 만나러 가기 위해 다시 한 번 자료를 모으기 시작했다.
찾아본 자료에 의하면 일본은 특유의 아기자기함을 해녀에 접목해 다양한 형태의 상품을 만들고 있었다. 해녀를 주제로 한 축제가 열리기도 했다. 소중한 문화가 사라지지 않도록 일본 스스로 문화를 계발하고 발전시키는 것이 보기 좋았다. 분명 해녀의 발상지는 제주인데, 일본이 만들어놓은 해녀문화가 더 눈에 띄는 이유는 무엇일까.
이런 궁금증 말고도 일본해녀들이 가지고 있는 물질에 대한 인식은 어느 수준인지, 해녀문화의 발전을 위해 어떤 노력을 하는지, 제주해녀들처럼 노령화 문제는 없는지 궁금한 것이 많았다. 이런 궁금증을 해결할 방법은 직접 만나서 이야기를 나누는 것이리라.

그렇게 준비를 하는 과정에서 일본해녀들에게 어떤 선물을 주면 좋을까? 고민 하던 차에 해녀 캐릭터를 개발하고 판매하는 천혜경 대표가 많은 상품을 선물로 챙겨주셨다. 우리는 천대표 이외에도 많은 분들이 챙겨주신 제주의 기념품을 바리바리 챙겨들고 일본으로 떠났다. 일본에 살고 있는 초등학교 동창생 찬호, 현지 코디네이터로 있는 찬호의 아내 사유리 씨가 함께 동행했고, 현지 가이드로 에츠코 씨가 일본 사투리 통역 담당을 맡아 주었기 때문에 우리는 기쁜 마음으로 일본 여정을 시작할 수 있었다. 일본에서 가장 해녀가 많은 지역은 미에현 지역이다. 미에현에 이세시와 도바시, 시마시에 해녀들이 주로 살고 있다고 했다. 우리는 도바시 방문을 결정했다.

기차를 타고, 작은 버스를 타고 동네 깊은 곳까지 들어갔다. 버스를 타고 가는 도중 일본 할머니들이 버스에 오르셨는데, 습관처럼 자리를 양보하니 고맙다는 인사를 연신 하셨다. 그러곤 할머니께서 쉼 없이 질문에 질문을 하신다. 더듬거리며 우리는 한국 사람이고 해녀라고 말씀드리며, 일본해녀를 만나러 간다는 이야기를 손짓 발짓을 통해 전했다. 그렇게 한 시간가량 대화를 나눈 것 같다. 같이 기념사진을 찍으며, 인사를 나누고 헤어졌는데 할머니는 버스에서 내린 뒤에도 버스가 떠날 때까지 손을 흔들어주셨다.

일본의 배웅 문화 때문인지, 처음 보는 외국인에게도 마음을 열고 떠난 버스가 사라져 눈에서 보이지 않을 때까지 손을 흔들어주는 모습에 무척 감동받았다. 할머니가 내린 뒤에도 작은 버스는 시골 산길을 누볐고, 그렇게 한참을 달리고 달려 도착지에 다다랐다.
작은 마을이라고 하기엔 어디가 어딘지 구분하기 힘든 낯선 동네였다. 생각보다 마을이 큰걸…. 어떻게 찾아가야 하지? 이런 걱정을 하면서 정류장에 내려 무턱대고 걸어가고 있는데 뒤에서 경적 소리가 들렸다.
한국에서 일본으로 방문 목적과 일자를 공문으로 보냈는데, 이 공문이 해당 기관을 찾지 못하고 떠돌고 있었다고 한다. 이 공문은 기차역 안내센터에서 마을 사무실로, 마을 사무실에서 어촌계 사무실로, 어촌계 사무실에서 해당 행정기관으로 연락에 연락을 주고받아 겨우 전해진 것이라고 했다. 그리고 우리의 도착 일정에 맞춰 마중을 나온 기관 담당자님!
덕분에 우리는 일본 특유의 작고 귀여운 차를 타고 일본해녀들이 있는 곳을 찾아갈 수 있었다. 일본해녀가 제주해녀를 만나겠다고 무작정 찾아온다면 과연 이런 도움을 받을 수 있을까?

드디어 마주하게 된 일본해녀 할머니들. 통역을 통해 대화를 나누는 것이 한계가 있었지만, 그동안의 궁금증이 조금은 풀렸다. 일본해녀들과 긴 시간을 이야기하며 깨달은 것은 바다에서 일하는 사람들의 공통점이라고 해야 할까. 말이 통하지 않아도 연대감이 느껴진다는 것이었다. 손짓 몸짓만으로도 대화가 통했다.
우리는 일본해녀들이 사용하는 물질 도구에 대해 이야기를 나누었다. 해녀들이 물질을 할 때 가장 많이 사용하는 도구는 '호맹이'와 '빗창'이다. 호맹이는 갈고리처럼 생겼고, 빗창은 전복을 딸 때 쓰는 칼이다. 한국해녀들은 철로 된 것을 사용하기에 녹이 잘 난다. 반면 일본해녀들은 호맹이와 빗창이 앞뒤로 합쳐진 것을 사용하고 있었다. 또한 철이 아니라 녹이 슬지 않는 스테인레스로 만들어진 것을 사용하고 있어서 여러 개의 도구를 들고 들어갈 필요가 없었고, 소금물에 녹이 슬 염려도 없어 보였다. 녹이 슬지 않는 도구가 너무 탐이 나 돌아오는 길에 일본해녀들의 물질 도구를 구매하고 싶어 어디로 가면 살 수 있는지 물어보기도 했는데, 결국 일본 어촌계는 해녀들의 숫자만큼만 도구가 지원되기에 구입할 수 없다는 이야기를 전해 들었다. 일본해녀들의 숫자가 적어 무엇이든 철저하게 관리되는 듯 보였다.
일본 역시 해녀들의 고령화를 해결하지 못했으며, 젊은 해녀 양성에 어려움을 겪고 있었다. 이것은 한국의 해녀들도 마찬가지였기에 어떻게 하면 양국의 공통된 문제를 해결할 수 있을까 고민하게 됐다. 대화를 나누며 놀라웠던 것은, 우리 해녀삼촌들은 해녀를 천한 직업이라고 생각하시며 부끄러워하셨는데, 일본의 해녀 할머니들은 그렇지 않았다는 것이다. 일본해녀들은 해녀에 대한 직업적 자존감이 대단히 높았고, 대외적인 인식이 우리보다 좋았다. 해녀에 대한 문화적 가치를 극대화하려는 노력이 일본문화 깊은 곳에서 느껴져 대화를 나누는 내내 '부럽다'는 말이 입을 맴돌았다.

이번 여정을 통해, 일본해녀와 나눈 대화를 통해 여러 생각이 스쳤다. 나와 남편이 일본까지 날아와 일본해녀를 만난 것은 '일본은 뭐가 다른가' 궁금해서였다. 제주해녀에 대해 공부하면서, 일본해녀에까지 관심이 확대되었고 그들의 문화가 좋은 것이라면 공부하는 것이 바람직하다고 생각했다. 그리고 이렇게 직접 만나보니 많은 책임감이 느껴졌다.
나는 한국의 젊은 해녀, 제주의 아기해녀다. 우리나라의 해녀문화를 존중하고, 문화적 가치와 직업적 가치를 높일 수 있도록 나 스스로도 무언가를 해야겠다는 생각에 다다랐다. 제주해녀의 우수한 공동체 문화를 널리 알리고 발전시키는 작업이 필요하다. 고되고 힘든 노동이지만 이를 통해 즐거움을 깨닫고 함께 어울려 행복하게 살아가는 따뜻한 문화를 소리 내어 알려야겠다고 생각했다.
그 모든 다짐을 속으로 조용히 외치며, 그럼에도 제주도는 해녀의 발상지라는 자부심을 느끼며, 이 여정을 마무리했다. 일본 여정을 통해 나와 남편은 해녀문화를 알리기 위해 어떤 노력을 해야 할지 천천히 계획을 세워 실천하기로 약속했다.

5장

삼촌해녀들을 소개합니다

우리 아기 착하다

우리 공천포 해녀회 최고령 해녀의 나이는 89세이다. 작은 체구, 볕에 그을린 까만 피부, 아기해녀를 보며 늘 환하게 웃어주시는 할망해녀. 고령의 해녀삼촌들이 아직도 현역에서 물질하시는 걸 보며 나도 저렇게 오래도록 물질을 하고 싶다는 생각을 한다. 나도 건강관리만 잘하면 지금 삼촌들처럼 꼬부랑 할머니가 될 때까지 물질을 할 수 있을까?

나는 해녀 탈의장 청소를 마치고 최고령 삼촌과 뒹굴뒹굴 누워서 자주 수다를 떨었다. 30여 년 만에 들어온 아기해녀가 귀엽고 예쁘다며 자주 쓰다듬어주시고, 칭찬을 아끼지 않는 삼촌이다. 평상시에는 길 걷는 것도 힘들어하시면서, 바다에만 들어가면 언제 그랬냐는 듯 한 마리의 인어가 되어 물질을 하시니, 삼촌의 모습을 보면 울컥 눈물이 쏟아질 때도 있다.
최고령 삼촌은 늘 내 편에 서서 생각해주시고, 말씀해주시는 호호 할머니 같다. 태왁을 끌고 먼 바다로 가는 길에는 늘 내 옆에서 〈이어도사나〉를 불러주신다. 해녀들의 사회는 상군들의 의견이 절대적이기 때문에 최고령 할망이라도 늘 조용히 묵묵히 의견을 따라가지만, 아기해녀에 해당하는 의견이 나올 때면 평상시의 모습과는 달리 큰 목소리를 내어 챙겨주시는 모습이 보인다. 그럴 때면 얼마나 감사한지 모르겠다.

오늘은 어촌계원들과 해녀삼촌들이 모두 어촌계 사무실로 모였다. 어촌계에서 어업인을 대상으로 한 행정적인 업무가 있어 모두 한 자리에 모이게 된 것이다. 늘 일복 차림이었던 삼촌들이 곱게 옷을 차려입고 한껏 미모를 뽐내며 자리에 참석하셨다. 해산물들의 산란기인 금채기간이라 물질이 없어, 오랜만에 뵙는 삼촌도 계셨다.
어촌계장님께서 해녀들에게 필요한 서류들을 설명해주셨다. 막내이자 아기해녀인 나는 우리 해녀회에서 유일한 운전 가능자이다. 그러다 보니 삼촌들을 모시고 다니는 것 역시 내 몫. 어촌계에서 필요하다는 서류를 발급받기 위해 89세 최고령 삼촌 두 분을 모시고 읍사무소에 가서 관련 서류들을 떼 왔다. 삼촌들을 차에 태우고 운전대를 잡으니 삼촌 두 분이 연신 칭찬을 쏟아내신다.

"우리 아기 착하다~. 착하다~."
"아니에요~. 당연히 도와야죠!"
"우리 아기 착해~. 아이고 착하다."
삼촌들이 나를 '아기'라고 부를 때마다 기분이 참 이상하다. 내 나이가 몇인데 아기라니. 착하다, 예쁘다 하는 칭찬 역시 내 나이에 들을 칭찬은 아닌데…. 그럼에도 삼촌들이 나를 '아가야'라고 부르면 자꾸 기분 좋은 웃음이 난다. 진짜 아기가 된 것처럼 애교도 피우고 싶고, 투정도 부리고 싶어진다. 때론 진짜 엄마 같고, 때론 할머니 같고, 가끔 언니 같기도 한 삼촌들. 나를 예뻐해주시고 귀여워해주셔서 감사할 뿐이다. 연세 많은 두 분을 모시고, 어촌계 서류를 핑계로 실컷 드라이브를 했다.
"삼촌! 멀미는 안 나요? 괜찮으세요?"
"오냐~ 괜찮다~."

.....

공천포에는 89세의 최고령 나이에 거친 물에 드는 해녀가 있다.
피부에 주름은 졌지만 두 눈만큼은 맑고 빛났다.

손톱에 봄을 발라드릴게요

해녀도 여자다. 엄마도 여자고, 할머니도 여자라고 말하지 않던가. 해녀도 여자다. 우리 공천포 막내 해녀언니(꼭 언니라고 부르라고 하신다)는 70대에도 피부미인에 멋쟁이시다. 어느 날은 해녀 탈의장으로 검정 비닐봉지를 하나 들고 오시더니 풀어보라고 하셨다. 그 봉지 안에는 다양한 종류의 샘플 화장품이 잔뜩 들어 있었다.

작은 화장품 샘플을 하나하나 늘이빌며 이건 뭐냐 지건 뭐냐 물으시고, 샘플 포장지 위에 큰 글자로 용도를 써달라고 하셨다. 스킨, 로션, 크림, 종류별로 분류를 마친 후 설명을 해드리고 하나하나 이름을 크게 크게 써서 드렸다. 역시, 피부미인은 그냥 만들어지는 게 아닌 것이다. 해녀언니와 마주 앉아 화장품에 대해 이런저런 이야기를 나누는 모습이 재미있어 보였던지, 할망해녀들이 기웃거리며 뭐 재미있는 거 하냐고 물으신다.
"화장품 이야기요! 삼촌도 발라보실래요?"
다 늙어서 얼굴에 뭘 바르냐고, 삼촌들은 고개를 절레절레 흔드신다. 오늘은 해녀들 모두 아침 8시까지 탈의장에 모여서 찜질방처럼 따뜻한 바닥에 등을 지지고 누워 쉬는 시간을 보내고 있던 터였다. 바다에 언제 들어갈지는 알 수도 없고 권한도 없기 때문에 "물에 들자. 준비해라!"라는 이야기가 나오기 전까지는 그저 이렇게 시간을 보내야 한다.

물때를 기다리며 멍하니 있는 시간이 너무 아까워서 탈의장 청소도 하고 욕실 청소도 하며 부지런히 몸을 움직였는데, 그러다 보면 삼촌들이 좀 쉬라며 큰 소리를 내신다. 물에 들기 전에 힘들면 안 된다며 그만하고 쉬라고. 하지만 나는 멍하니 시간을 보내는 게 아까운 걸 어떡하나. 가만히 있는 시간이 아깝다는 생각이 들던 찰나, 친구 은주가 보내준 매니큐어를 챙겨온 것이 생각났다. 서울에 있는 친구 은주는 나와 이름이 같은 절친이다. 늘 필요한 이것저것을 챙겨주는 수호천사 같은 친구인데 이 친구가 매니큐어를 한가득 색색별로 보내준 것을 챙겨왔다. 나는 가방을 뒤집어 안에 든 매니큐어를 쏟아냈다.
"자자, 손톱 발라드립니다! 손님들 줄 서세요!"

"야이야 그게 뭐냐, 정신 사납다."
손사래를 치시던 삼촌들도 내가 가져온 매니큐어를 하나하나 들어 색을 살펴보신다. 싫다고 하셔놓고, 무슨 색을 바를까 고르는 모습이 여인은 여인이다. 나는 가끔 해녀삼촌들을 보며 엄마가 떠오르는데, 먼저 하늘나라로 떠난 엄마의 모습이 삼촌들의 모습에 보여 가슴이 찌르르해지기도 한다. 그런 삼촌들을 진짜 내 엄마라고 생각하며, 때론 친할머니라고 생각하며 애교도 피우고 시시콜콜한 수다도 자주 건넸다. 삼촌들은 눈이 꽤 침침하시고, 매니큐어를 섬세하게 바르기를 어려워하셔서 바르고 싶다는 색깔을 대신 발라드렸다.

은주야 나 매니큐어 좀 칠해줘라, 이번엔 분홍색을 칠해봐라, 반짝이가 들어간 매니큐어가 더 단단할 것 같다 하시며 관심을 보이신다. 형형색색 칠해진 손톱을 보며, 그 와중에도 바다 상태를 지켜보며 파도가 잔잔해지기를 기다렸다. 한 분, 두 분, 매니큐어 손님이 늘어갔다. 나이가 많아도 여자이고, 멋을 아는 해녀삼촌들. 어느 날은 발에도 발라드리고, 손에도 발라드리자 학창시절 소녀들처럼 웃었다. 지루하게 바다만 바라보며 물때를 기다리느니, 삼촌들 손톱 위에 하나씩 봄을 색칠해드리며 시간을 보냈다.
"말씀만 하시면 손이든 발이든 기쁜 마음으로 발라드릴게요! 오늘 바다에 들면 안전 물질 하세요!"

삼촌들이 원하신다면 손톱이고 발톱이고 봄빛으로 물들여드려야지. 예뻐진 손과 발을 보며 흐뭇해하시는 삼촌들 옆에 누워 뒹굴거리며 바다에 들 시간을 기다리고 있다. 이 사소한 일상이 너무 따뜻하다.

할망은 귀엽다

우리 공천포 해녀분들 중에는 최고령 할망이 두 분 계신다. 무려 89세 동갑 해녀. 10대 초반부터 물질을 시작하셨다고 하니 70년은 족히 바다에서 해녀의 삶을 사신 분들이다. 굽은 허리, 조글조글한 손등, 늘 가방 대신 유모차를 짐가방 삼아 밀고 오시는 두 할망들.

끌고 다니는 유모차와 나이만 봐서는 물질이 가능하실까 걱정이 앞서기도 했다. 능숙한 솜씨로 탈의장 앞에 유모차를 주차하시고, 물질 장비와 고무옷을 둘러메고 해녀 탈의장으로 들어서는 모습을 보며 처음엔 "아니 그 연세에 물질이 가능하세요? 그러다 큰일 나요!" 걱정의 말을 쏟아내기도 했다. 하지만 이런 걱정은 삼촌들이 물질하는 모습을 보면 싹 사라진다. 물 만난 고기처럼, 전생에 인어라도 된 듯, 날렵하고 능숙하게 물질하는 모습에 처음에는 입이 떡 벌어졌다.

이 동갑내기 해녀삼촌들은 언제나처럼 바다에 들기 전에 부지런히 도구를 손보신다. 이날은 해녀들이 물속에 들 때 몸에 지고 나가는 연철을 준비하고 계셨다. 연철은 허리나 등에 차는 납덩어리를 말한다. 물속으로 잘 내려가게 도와주는 도구인 셈이다. 해녀잠수복은 고무로 되어 있어 전신에 튜브를 두른 것처럼 부력 효과가 뛰어나다. 물속으로 몸을 넣으면 다시 둥둥 떠오르니 이럴 때 연철이 필요한 것이다.

수심 10미터 안쪽은 양성부력으로 몸이 떠오르고, 수심 10미터 이상은 음성부력으로 모든 것이 가라앉는다. 보통 10미터 안팎에서 물질을 하는 해녀들에게 연철은 반드시 필요한 장비다. 연철을 허리에 차고 물에 들어가면 중성부력이 되어 물질이 더 수월해진다고 한다.

두 할망들이 연철을 보수 정비하며 연철의 무게를 가지고 옥신각신하신다. 두 호호 할머니가 마법에 필요한 주문을 외듯 알아들을 수 없는 제주말로 대화하는 모습을 보니 계속 나도 모르게 웃음이 났다. 할망들을 보며 속으로 '귀엽다'를 연발했던 것 같다. 70년을 함께 바다에서 사셨으니 오래도록 우정을 나누며 생사를 함께하셨겠지.

그렇게 고된 물질을 하고 나와서도 늘 인자한 미소로 우리 아기 착하다며 칭찬과 응원을 아끼지 않으시는 최고령 할망해녀들! 삼촌들을 생각하면 가슴이 너무너무 따뜻해진다. 물질을 끝내고 퇴근 준비를 위해 부지런히 정리 정돈을 하고 집으로 향하는 삼촌들의 뒷모습을 멀리서 바라봤다. 걷고 계신 뒷모습에 때론 울컥하기도 하다. 평생 물질을 하셨기에, 평생 바다에 감사하며 사셨기에, 삼촌들에게 바다는 더욱 특별한 곳이겠지. 그 뒷모습을 보며 삼촌들이 오래도록 건강한 모습으로 물질을 하게 해달라고 기도했다. 삼촌들이 내 해녀모자를 만들어주시고 축언해주셨던 것처럼.

"용왕님, 용왕님, 우리 할망들 오래오래 건강하게 나랑 같이 물질하게 해줍서."

시집온 항아리

정확히 몇 살인지 알 수는 없으나 어림잡은 나이는 환갑을 훨씬 넘긴 녀석. 이제는 제주에서도 구하기 힘든 귀한 물건. 오늘은 귀하디귀한 옛 항아리를 해녀삼촌에게 선물 받았다. 어느 날, 우리 해녀회 최고령 삼촌께서 집으로 나를 부르셨다.
"내일 집으로 오라게~."

나는 이상하게 어릴 때부터 손때가 묻어 있는 것들을 좋아했는데, 나이를 먹어서도 옛것을 좋아해 그것들로 집안 꾸미는 걸 즐겼다. 해녀 탈의장에 다들 모였을 때, 삼촌들께 '항아리 안 쓰시는 거 있으면 제게 주세요' 했던 것을 흘려듣지 않으시고 기억하셨다가 안 쓰는 항아리를 챙겨두신 것이다.

나는 해남인 남편과 함께 삼촌 댁으로 향했다. 최고령 해녀삼촌은 항아리를 씻어놨다고 하시며 가져가라고 손짓하셨다. 이 항아리로 말할 것 같으면 올해 89세이신 해녀삼촌께서 19세에 결혼을 하시고, 23세에 장만한 살림살이 중에 하나라고 하셨다. 따지고 보면 이 항아리는 나와 남편보다 나이가 훨씬 많은 것이다.

나보다 먼저 태어난 항아리에 귀를 대보니 묘한 울림이 느껴졌다. 그간의 세월에 대한 많은 이야기를 들려주듯 항아리 안에서 바람소리가 들려왔다. 삼촌들이 필요하면 가져가라던 항아리들이 제법 마당 한편을 차지하고 있다. 그게 뭐 좋은 거냐고 말씀하시며, 손때 묻고 정든 것들을 척척 내놓아주신 삼촌들의 마음이 느껴졌다. 우리 아기가 필요하다고 한 항아리, 우리 아기가 갖고 싶다고 한 항아리라며 깨끗하게 씻어서 준비해주신 것을 보니 가슴이 뭉클해지기도 했다.
항아리와 함께 시집온 삼촌들은 이 항아리 안에 무얼 담고 사셨을까. 항아리 하나하나가 담고 있는 세월의 이야기가 궁금해졌다.

해녀들의 숨비소리

해녀들의 숨비소리는 인어의 노래 같다. 해녀들이 바다에서 물질을 할 때 들리는 소리가 있다. 물질을 마친 해녀들이 물밖으로 올라올 때 참았던 숨을 내쉬는 과정에서 나오는 소리다. 나 같은 아기해녀에게는 중요한 이정표가 되기도 하고, 이 바닷속에서 나 혼자가 아니라는 안심을 주기도 한다. 함께 물질하는 해녀들을 눈으로 찾지 않아도 이 숨비소리만으로 서로가 안전하게 물질을 하고 있다는 것을 알 수 있다. 어디에 누가 있고, 어느 쪽에 있는지 알게 해주기 때문에 삼촌들의 숨비소리가 들려오면 참 반갑고 정겹다.

인어전설에는 인어의 노래에 관한 이야기가 나온다. 인어가 바다 위에서 노래를 부르면 그 소리가 너무 아름다워 인간을 홀린다는 것이다. 배 위의 선원들은 인어의 노래에 홀려 바다 위로 떨어지기도 한단다. 나는 해녀들의 숨비소리가 인어의 노래 같다고 생각했다. 숨을 내쉴 때마다 묘한 울림으로 퍼지는 숨비소리가 바다 여기저기서 들려올 때면 내가 지금 꿈을 꾸고 있는 건가 싶기도 하다.

어렸을 때 목욕탕에 가면 꼭 물속에서 숨 참기 시합 같은 걸 했다. 목욕탕에서 만난 친구들과 사람이 없는 탕에 들어가 물장구도 치고, 누가누가 더 숨을 오래 참나 물속 잠수도 서슴지 않았다. 그러다 숨이 가빠오면 물밖으로 올라와 '헉헉헉' 가쁜 숨을 몰아쉬기도 했다. 보통 사람들은 이렇게 물속에서 숨을 오래 참고 있다 나오면 헉헉거리기 바쁘다. 그런데 우리 해녀삼촌들은 '호오이' 하는 휘파람 같은 숨비소리를 내신다.

해녀들의 숨비소리는 헉헉거리며 몰아쉬는 숨소리가 아니다. 저마다 '나 여기 잘 있다'고 말 대신 전하는 신호이다. 사람의 목소리가 저마다 다르듯 해녀들의 숨비소리도 개성이 뚜렷하다. 어떤 삼촌은 '호오이' 어떤 삼촌은 '어허' 어떤 삼촌은 '아하' 소리가 난다. 그래서 멀리서 들려오는 숨비소리에 따라 '이 소리는 어떤 삼촌이고, 저 소리는 어떤 삼촌이구나' 짐작하게 된다.

처음에는 삼촌들이 걸쭉한 목소리로 '에~허~' 하며 숨을 쉬는 모습이 이상하게 느껴졌다. 물속에서 올라와 숨 쉬기도 바쁜데 숨비소리라니. 그런 나에게 삼촌들이 너도 해봐라 말씀하셨다. 처음에는 이상하고 어색해서 흉내만 내던 것이 이제는 나도 자연스럽게 나만의 숨비소리가 만들어졌다. 나는 '아하~' 하는 숨비소리를 낸다.

어느 날 해남인 남편이 나에게 이야기했다.
"당신 숨비소리는 너무 야해."
남편도 이제 내 숨비소리를 정확하게 알아듣는 모양이다. 그런데 야하긴 뭐가 야하다는 말인가. 물속에서나 물 밖에서나 장난치길 좋아하는 남편 덕분에 숨비소리 이야길 하며 한참 수다를 떨었다. 생각해보면 숨비소리는 물질을 나갈 때만 들을 수 있는 해녀들의 숨소리다. 해녀끼리만 알아들을 수 있는 신호다. 그런 생각을 하니 문득 이 사소한 소리들이 특별하게 느껴진다.

우리 더 늙어 없어지기 전에

해녀들은 사진 찍는 것을 싫어한다. 제주를 찾은 관광객들이 물질하고 나온 해녀들에게 사진을 찍자고 부탁하면 욕부터 얻어먹기 쉽다. 왜 해녀들은 사진 찍는 것을 싫어할까? 정확한 이유는 알 수 없지만, 몇 가지 추측을 해볼 수는 있다.

오랜 시간 물속에서 물질을 하고 뭍으로 나오면 장시간 사용한 물안경과 수압에 의해 얼굴이 붓거나 눌린 자국이 생긴다. 해녀삼촌들이 아무리 연세가 많으셔도 여인인데, 얼굴이 붓고 찌그러진 상태에서 사진을 찍긴 싫을 것이다. 대중에게 알려진 제주해녀의 모습은 그래서 더 단편적이고 한정적인 이미지라 할 수 있다. 인터넷을 통해 검색해보아도 해녀들과 함께 찍은 사진을 쉽게 찾아볼 수 없는 게 안타까울 뿐이다.

인턴해녀 기간에는 물에 들 때마다 사진을 찍어서 해당 기관에 제출해야 했다. 이때 해녀학교에 제출할 사진을 찍을 때면 해녀삼촌들은 사진 찍기를 불편해하셔서, 멀리서 찍은 사진들 뿐이었다. 사진을 찍으려고 하면 잔소리를 하시고, 찍지 마라 큰소리치시니 함께 사진을 찍는다는 게 엄두가 나지 않았다. 처음엔 사진 찍지 말라는 성화에 눈치도 보고 주눅도 들었지만, 시간이 지나고 나니 나도 어느 정도 짬밥이 생겼다고 할까? 이젠 삼촌들이 툭툭 내뱉는 잔소리며, 화를 내듯 버럭 지르는 큰소리에도 웃을 수 있게 됐다.

제주말을 들으면 처음에는 꼭 화를 내는 것처럼 느껴지지만 계속 듣다 보면 그게 아니라는 걸 알게 된다. 나중에는 삼촌들과 함께 있는 시간이 너무 좋아서, 삼촌들에게 애교도 부리며 이 시간들을 기억하기 위해 꿋꿋하게 사진을 찍어댔다.

"우리 아가, 저 또 카메라 들었네. 그만 좀 찍자~."

그래도 꿋꿋하게 찰칵찰칵 카메라를 들이밀었더니, 삼촌들도 내성이 생기신 것일까. 내 마음을 알아주기라도 하듯 사진을 대하는 태도가 많이 달라지셨다.

"은주야~ 우리 더 늙어 없어지기 전에 사진 좀 찍어둬라."

나는 정식해녀가 된 이후에도 사진 찍기를 멈추지 않았다. 그동안 작업한 소라를 수협에 납품하는 날을 '소라를 뜬다'고 말하는데,

이날은 물때에 맞춰 이른 새벽부터 부산한 날이기도 하다. 그런 정신없는 와중에도 나는 휴대폰을 꺼내 사진을 찍어댔는데, 그럴 땐 삼촌들이 웃음으로 나무라셨다.

"아이고야 이 철없는 것아 물건(소라)은 지 발로 걸어가냐~."

"삼촌, 삼촌! 삼촌들 젊고 고우실 때 우리 기념사진 찍어요!"

소라를 뜨다가, 물질을 쉬다가, 밥을 먹다가, 사진을 찍자고 다가서면 삼촌들은 무슨 사진이냐며 야단을 치시는 듯하다가도 이내 웃으시며 카메라를 쳐다보신다. 가끔 삼촌들과 나눈 일상이 담긴 사진들을 보고 있으면 무언가 울컥 눈물이 쏟아지기도 한다. 다들 적은 연세가 아니시기에 바다 일이 쉽지 않겠지. 언제까지 삼촌들과 함께 물질을 할 수 있을까 생각하면 아쉬움이 밀려오기도 한다. 이 시간을 더 오래 기억하고 싶어서, 해녀삼촌들과 함께 있는 것이 너무 즐거워서 나는 앞으로도 시도 때도 없이 사진을 찍을 것이다.

"이제 그만 찍어라, 야단치지 마세요! 사진 예쁘게 잘 찍어드릴게요! 삼촌들 지금도 너무 곱고 예쁘세요! 자~ 치즈! 손가락 요렇게 브이!"

.....

나는 아기해녀다.
아직 아기라는 말이 좋다.
오래전 엄마를 먼저 떠나보낸 내게 이분들은 엄마다.

장터 나들이

오늘은 하늘이 흐리다. 비가 오는 듯하더니 바람까지 거세 파도가 높다. 이런 날은 물에 들어가기 힘들다. 아침부터 바다 날씨를 살피던 상군해녀가 오늘 예정되어 있던 물질을 취소하셨다. 제주는 돌도 많고, 여자도 많고, 바람도 많이 분다고 하지 않던가. 해녀들은 자신의 호흡과 힘만으로 물에 들어가기 때문에 파도의 높이나 바다 날씨를 중요하게 생각한다. 대부분 고령의 해녀들이기 때문에 특히 안전에 각별히 주의해야 한다.

그날그날 바다 날씨에 따라 물질 여부를 결정하는 것은 상군해녀다. 오늘은 아침부터 날이 궂다 싶어 걱정했는데, 결국 물질이 취소되었다. 나는 바다에 드는 걸 너무 좋아해서 이렇게 물질이 취소되는 날이면 섭섭함을 감추기 힘들다. 삼촌들이 내 마음을 눈치채

셨는지 이렇게 말씀하셨다.
"은주야, 바다에 들지 못해 섭섭하냐."
"네에, 너무 섭섭해요."
"오게, 그럼 우리 다 같이 장터 가서 장도 보고 태왁 만들 재료도 사고 맛난 것도 먹을까?"

아쉬워하는 아기해녀를 위해 삼촌들께서 기분 전환 겸 장터 나들이를 제안하셨다. 해녀삼촌들이 아무리 좋고 편해도, 해녀공동체 문화 속에선 적당한 편안함과 적당한 긴장감을 갖추고 있어야 한다. 해녀들은 공동체 문화를 중요하게 생각하지만, 그 중에서도 배려를 가장 중요하게 생각하고 또 실천하신다.
특히 바다에서의 배려도 중요하지만 바다 밖에서 나누는 작은 배려 역시 해녀들의 중요한 덕목이라 할 수 있다. 오늘처럼 우울해하는 아기해녀를 위해 삼촌들이 두 발 벗고 나서 장터 나들이를 제안해주시니, 그 마음이 느껴져 정말 감사했다.
나는 삼촌들에게 한 쪽씩 팔짱을 걸고, 씩씩하게 시장 안으로 들어갔다. 친엄마를 대하듯, 시어머니를 대하듯, 내 할머니를 대하듯 스스럼없이 손도 잡아드리고, 가벼운 어깨동무나 포옹을 나누기도 하며 장터 구경을 나섰다.
"이거 얼마과?"

삼촌들과 함께라면 제주에서 바가지 쓸 일은 없겠군! 함께 장을 보며 삼촌들이 정겨운 제주말로 살뜰하게 흥정을 하니 더욱 든든함이 느껴졌다. 삼촌들이 태왁 재료를 살 때는 전문가의 포스를 풍기기도 했다. 파는 분도 해녀임을 직감하고 낮은 자세로 물건들을 설명해주셨다. 이 모든 풍경과 상황이 제주에서만 가능한 것이다. 나와 삼촌들은 물질에 필요한 도구며 생활에 필요한 물건들을 구입했다.

삼촌들은 봄옷과 찬거리 등을 구입하셨고, 나는 삼촌들이 신고 다니는 슬리퍼를 따라 샀다. 우리는 시장 구석구석을 구경하며 하하호호 시간을 보냈다. 그리고 출출해지려던 찰나, 시장보기의 마지막을 장식했다. 오일장의 진수라 할 수 있는, 절대 빠트릴 수 없는 시장표 먹거리로 행복한 시간을 끝냈다. 바다에 들지 못하면 아쉬움이 컸는데, 오늘은 물질이 없어도 행복하다.

고구마는 사랑입니다

최고령 해녀삼촌께서 나를 집으로 조용히 부르셨다. 일과가 끝나고 삼촌 댁으로 걸어가는데 저 멀리서부터 밖에 나와 나를 기다리고 계시는 삼촌의 모습이 보였다. 팔을 크게 흔들며 삼촌에게 손인사를 했다.

"삼초오오오온!"

"오냐, 어서 오너라."

절약이 몸에 배어 있는 삼촌은 밖이 어둑어둑해도 방에 불을 켜지 않으셨다. 어두우면 어두운 대로, 밝으면 밝은 대로 아끼며 사는 게 생활이 되신 듯했다. 하긴 어릴 적 우리 엄마도 늘 아끼라는 말씀을 입에 달고 사셨으니까. 삼촌이 어두운 방 안으로 들어가며 들어오라고 손짓하신다. 조용히 삼촌 뒤를 졸졸 따라갔다. 삼촌이 보물단지를 찾아내듯 방 창가 안쪽에 고이 간직해둔 고구마를 주섬주섬 담기 시작하셨다.

"못생겨도 맛은 조추게(좋다)~" 하며 집에 가 먹으라 하신다.

"으앙, 삼촌 너무 고맙습니다! 남편이랑 맛나게 나눠 먹을게요!"

고구마와 해녀삼촌의 마음을 듬뿍 받아왔다. 묵직한 고구마 바구니를 끌어안고 집으로 돌아가는 발걸음이 너무 가볍다. 오랜 서울살이를 접고 제주에 내려와도 외롭지 않은 것은 이렇게 마음을 나눠주시는 고마운 분들이 있기 때문일 것이다. 마음 넉넉한 삶에 그저 감사하다.

우리 가족을 소개합니다

우리 공천포에는 열 명의 해녀가 산다. 올해 89세를 맞으신 문인진, 양두희 삼촌은 공천포 최고령 삼촌들이시다. 나이는 어마어마하게 느껴지지만 실제로 뵈면 정정하시다. 아기해녀인 나를 가장 예뻐해주시고, 착하다 예쁘다 칭찬을 아끼지 않으신다.
올해 78세가 된 강병자, 오연아 삼촌. 75세 강춘자 삼촌, 74세 한복난 삼촌. 71세 현화순, 김순주 삼촌. 현화순 삼촌은 20세에 해녀 일을 시작해 육지로 출장물질을 5년 정도 다녀오셨다고 한다. 한산도, 거제도, 경북, 통영에서 활동하셨다. 김순주 삼촌은 20세에 해녀 일을 시작해 육지로 출장물질을 2년 다녀오셨고, 일본 출장을 3년 정도 다녀오셨다. 해녀도 출장을 간다는 게 신기할 따름이다.
두 분은 출장을 다니던 시절을 떠올리며 고된 물질과 타지생활에 대한 외로움을 자주 말씀하셨다. 그러시며 지금은 세상 참 좋아졌다고, 잠수복도 있고 수경도 있고 도구도 좋다고 허허 웃곤 하신다. 그리고 공천포의 막내, 아기해녀 나 김은주와 해남이 된 동갑내기 남편 김형준이 공천포의 가족이다. 그리고 우리 부부가 공천포에서 물질을 할 수 있도록 많이 고민하고 애써주신 소중한 분이 계시는데 바로 오명찬 어촌계장님이다. 때로는 이주생활의 어려움을 해결해주셨으며 마을에 일원이 되는 데 많이 노력해주신 분이다. 인턴생활 때부터 물질을 하는 지금까지 늘 응원해주시고 용기를 주시기에 우리에게는 더없이 고마운 분이다.

내가 이렇게 공천포 가족들의 이름을 하나하나 쓰는 이유는 그만큼 특별하기 때문이다. 아직도 해녀로 살고 계신 우리 삼촌들의 이름이 새삼 어느 역사 속 영웅들 못지않게 위대하게 느껴진다.

“고맙습니다, 사랑합니다. 모두!”

6장

진짜 제주의 이야기

혼저 옵서예

봄이 오면
제주도 전체가 노란 유채로 가득해진다.
따뜻하게 불어오는 봄바람.
유채의 화려한 노란빛과
보드라운 벚꽃의 분홍빛이 어우러져
제주의 봄은 황금기를 맞는다.

아침에 눈이 떠지는 대로 일어나
옷을 주섬주섬 챙겨 입고 밖으로 나왔다.
발길 닿는 대로 산이고 들이고
망태기 가방 하나 둘러메고 고사리를 뜯는다.

아니 그냥 고사리를 주워 온다고 하는 게 맞는다.
고사리를 줍다가 에고고
허리, 무릎이 아파지거나 힘들다 싫어지면
툴툴 털고 일어나
유채가 만발한 가시리를 찾는다.

벚꽃과 유채가 잘 어우러진 이곳은 봄이 오면 꼭
가봐야 하는 제주의 명소라 할 수 있다.
발길 닿는 대로 자연이 주는 선물을 부지런하게 뜯어 담고
꽃구경도 실컷 하고, 봄바람도 실컷 맞고
집으로 돌아가는 길은 마음이 참 배부르다.
서울에서는 상상도 할 수 없었던 일들이
제주에서는 일상이 된다.

삶이 여행인 것처럼
사는 곳이 여행지인 것처럼

넉넉한 인심, 철마다 풍요롭게 잡히는 해산물, 부지런히 움직인 만큼 얻을 수 있는 텃밭의 수확물, 시원하고 아름답게 뻗어 있는 바다, 한라산이 뒷동산처럼 가까운 곳. 제주도의 아름다움은 유명한 관광지에서만 느낄 수 있는 건 아니다. 내가 살고 있는 제주 시골 마을 어디든 눈 돌리는 곳마다 작품이 된다. 문밖을 나가면 언제나 놀라운 풍경이 펼쳐지는 여행지처럼, 제주는 참 멋진 곳이다.

제주에 터를 잡고 정착해 살면서 물때가 되면 물질을 나갔다. 물질이 끝나고 돌아온 다음 날은 늘 녹초가 되었고, 하루 정도 푹 쉬고 난 뒤에야 정신이 들고 몸도 돌아왔다. 그런 뒤 밀린 빨래와 집안일을 해내고 나면 하루가 지난다. 반려견 소라와 놀아주기도 하고,

민박을 관리하기도 하며, 서울에서 꿈꾸던 시골살이를 하며 지낸다. 그러다 또 며칠이 지나면 슬금슬금 바다가 궁금해져서, 내가 일하는 공천포 바닷가에도 다녀오고, 해녀삼촌 댁에 놀러 가고, 장을 보러 나가기도 하고, 다음 물질 때를 체크해보기도 한다. 바쁘게 부지런 떨기도 하고, 여유롭게 늘어지기도 하며 제주에서 살아간다.

특히 제주는 자연이 주는 풍성한 먹거리가 가득한 곳이다. 대한민국에서 이토록 해산물이 풍성한 곳이 또 있을까. 삶은 뿔소라와 초고추장, 먹어보지 않으면 말할 수 없는 뿔소라 버터구이, 고추멸치볶음, 검정쌀밥, 그리고 제주막걸리. 이보다 더 훌륭한 저녁상이 있을까. 일이 끝나고 돌아온 남편은 해산물이 가득한 저녁밥상을 가장 좋아했다.

성게철이면 빠지지 않고 해 먹는 성게국수와 성게미역국을 맛본 사람이라면 아마 이 맛 때문에 제주에 내려와 살겠다고 할지도 모른다. 해녀의 작업 중 최고 난이도의 노동력을 요하는 성게작업. 직접 알을 골라낸 성게알에 (정확하게는 성게알은 성게의 생식소를 말한다.) 국수를 비벼 먹으면 그야말로 천국의 맛, 바다의 맛이 느껴진다. 짭조름하고 오묘한 알들이 국수 면발과 비벼져 한낮의 노동이 잊힐 만큼 맛 좋다.

성게미역국은 어떤가. 성게작업을 끝내고 탈의장에서 쉬고 있을 때, 삼촌들을 위해 별식으로 성게미역국을 자주 만들어 먹었다. 고된 작업 후에 후루룩 들이켜 마시는 성게미역국은 "내가 이 맛에 성게 잡는다"고 할 만큼 시원하다. 가끔 놀러 오는 육지 친구들에게 직접 작업한 성게를 활용해 요리를 해주면 그야말로 세상에 없는 음식을 먹은 것처럼 요란스러운 반응을 얻는다.

물질도 끝내고, 맛난 음식도 해 먹고, 따뜻하게 배가 부르면 바닷바람을 맞으며 집으로 돌아온다. 집 나간 며느리도 전어 굽는 냄새를 맡으면 돌아온다고 했던가. 나는 그 말에 살짝 딴지 걸고 싶다. 집나간 며느리도 성게철에는 돌아온다고 말이다.

언젠가 서울에 사는 지인이 이런 말을 했다. 제주에 사는 사람들은 1년 365일 휴양지에 사는 것 같겠다고, 여행지에선 어떤 음식을 먹어도 맛있고, 어느 풍경을 보아도 멋지다고 생각하듯 제주 역시 그렇다고. 그래서 제주 사람들은 여유가 있고 행복해 보인다고 말이다.

제주는 삶이 여행인 것처럼, 사는 곳이 여행지인 것처럼 설렘을 주는 곳이다. 물질이 없는 날은 제주가 주는 여유를 즐기고, 물질이 있거나 육지작업이 있는 날에는 부지런을 떨며 삶을 살게 해준다. 맛 좋은 음식이 있고, 따뜻한 사람들이 있고, 여유가 있으니 이곳에서의 삶이야말로 진정한 휴양 아닐까.

먹는 소라 말고
내 새끼 소라

제주에 자리를 잡고 살기 시작하면서 골든 리트리버 한 마리를 키우기 시작했다. 아기 때부터 성견이 될 때까지 엄마노릇을 하고 있는데, 녀석 때문에 제주생활이 더 즐겁다.
소라가 아직 어린 강아지일 때, 비가 쏟아지던 어느 날이었다. 비가 많이 내려 걱정스러운 마음으로 마당을 살펴보니 이 녀석이 '엄마 무서워' 하는 눈빛을 보내고 있었다. 다시 집 밖으로 내어질 때 혼란스러워할까 봐 신발장까지만 들이는 것을 허락했다. 무엇이 고단했는지 집 안으로 들이자마다 신발을 베고 잠이 든 녀석. 그런데 이 어린 강아지에게 스멀스멀 노숙의 향기가 올라왔다.
얼른 소라를 안고 욕실로 향했다. 따뜻한 물을 받아 감기에 걸리지 않게 몸을 씻겼다. 시커먼 구정물도 예뻐 보였다. 비가 많이 내리는 날엔 혼자 밖에 내놓기가 비안해 집 안으로 들였는데, 목욕 후 보송보송한 모습이 어쩔 수 없는 아기의 모습이다. 털을 말려주니 기분이 좋아졌나 보다. 매끄럽고 반짝반짝 빛나는 밥그릇이 마음에 들었는지, 밥그릇 안으로 들어가 잠이 들었다. 제 밥그릇을 침대 삼아 잠이 든 녀석을 보며 나도 모르게 씨익 미소가 지어졌다. 남편도 역시 같은 마음인가 보다. 제주에 정착해 살면서, 따뜻한 사람들도 많이 만났지만 서울에서 살다 내려온 우리 부부를 못마땅해 하며 '얼마나 버티나 보자' 하는 마음으로 지켜보는 분도 더러 있었다. 그럴 땐 마음이 많이 지쳤는데, 소라를 보며 위로받곤 했다.

소라는 천천히 건강하게 자라났다. 소라가 클수록 우리의 제주생활도 조금씩 안정을 찾아나갔다. 한참 자랄 땐 이가 가려웠는지 물고 씹는 것을 찾기에 개껌을 선물해주기도 했다. 이빨이 흔들리는 녀석을 붙잡아 뽑아주기도 했고, 물질에 필요한 장비들을 씌워 '해견'이랍시고 사진을 찍어주기도 했다. 외국에 사는 리트리버가 랍스터를 잡아 오는 동영상을 봤던 게 떠올라 소라도 바다 수영을 즐길 수 있을까 궁금해지기도 했다. 가끔 녀석을 데리고 공천포 바다로 마실을 나가면 해변가를 펄쩍펄쩍 잘도 뛰어다녔다. 지 자식은 다 천재인 줄 안다는데, 나와 남편도 소라의 행동 하나하나를 보며 똑똑한 녀석이라고 많이 기대하며 키웠다.

특히 소라는 귤을 좋아했다. 집 마당에서 키우는 귤을 딸 땐 소라의 입맛이 큰 역할을 한다. 귤나무에 장난을 치거나 해코지하는 것 없이 잘 자라준 것도 고마운데, 귤 수확 철이 되면 귤맛도 함께 감별해준다. 제주는 집집마다 감귤나무를 많이 키운다. 꼭 농사를 짓지 않더라도 마당이 있는 집이라면 어김없이 감귤나무가 심겨 있다.

이른 아침 공복으로 나무에서 귤을 따 먹는 느낌은 해보지 않은 사람은 알 수 없다. 마치 귤로 회를 떠 먹는 느낌이라고 할까. 또 나무마다 귤의 당도와 맛이 조금씩 다르다. 나무에서 막 딴 귤을 하나 까서 소라의 입에 넣어주면, 이 녀석 달고 맛있는 귤은 침까지 흘려가며 맛있게 씹어 삼키고 신 귤은 인상을 쓰다 퉤 뱉어낸다. 덕분에 소라가 맛있게 잘 먹는 귤나무를 먼저 수확하기도 한다.

이제 성견이 되어 내 덩치보다 더 커진 소라. 제주생활이 마냥 좋다가도, 가끔 힘들거나 지치는 순간이 찾아오면 소라에게 위로받는다. 진짜 내가 낳은 자식처럼 힘이 되어주는 녀석이다. 먹는 소라 말고, 내 새끼 소라를 만나게 된 건 제주에 내려와 살았기 때문이다. 이렇게 살면서 느끼는 감동적인 순간들 속엔 늘 제주가 있다. 고맙고 감사할 뿐이다.

관심이라는 약과 병

인생이란 알가다도 모르는 것이다. 제주에 내려와 해녀가 된 이후 나와 남편은 나름 유명인사가 되었다. 제주에서 아니 대한민국에서 처음으로 인턴해녀라는 것이 생기고부터 각 언론에서는 해녀에 대해 많은 관심을 보였다. 더욱이 유네스코 인류무형문화유산 등재 이후 이곳저곳에서 인터뷰나 섭외요청이 많이 들어왔다.

〈다큐 3일〉이라는 방송을 통해 처음으로 많은 분에게 소식을 알리게 되었다. 방송이 나간 후 멀리 칠레에 사는 하나 씨가 방송 화면을 캡처해 나에게 보내주기도 했다. 그 이후 〈월간중앙〉을 통해 인터뷰 제안을 받기도 했다. 어느 맑은 날 공천포에서 해녀삼촌들과 물질하는 모습을 중앙일보에서 직접 사진 촬영을 해 가고 인터뷰도 진행했다. 해녀들의 일상을 열심히 기록해준 주기중 기자님이 계셨고, 내 이야기가 월간지와 신문기사로 나오는 특별한 경험을 하게 되었다. 제주에 내려오니 모든 것이 꿈을 꾸는 듯했다. 이후에 남편은 〈강연100도씨〉에서 해남으로서 출연해 해녀문화에 대해 강연을 하게 되었고, 이후 EBS 〈한국기행〉에 남편과 공천포 해녀 전원이 출연하기도 했다. 내가 티브이 출연이라니, 내가 인터뷰라니!

하지만 이런 특별한 행보가 모두에게 좋은 평가를 받은 것은 아니다. 서울 사람이 제주로 내려와 해녀가 되었고, 제주에 정착해 살아간다는 것이 기존 제주도민에게는 불편하게 느껴질 수 있는 터였다. 한참 제주로 이주해 내려가는 사람들이 많은 시기였기 때문에, 더더욱 나와 남편에 대한 주위의 눈초리가 따가웠다.

예뻐해주시는 분들도 계셨고, 좋지 않게 보시는 분들도 계셔서 이런 언론의 소개가 때론 약처럼 때론 병처럼 느껴지기도 했다. '명랑해녀'라는 닉네임으로 살기 시작한 내 이야기가 이곳저곳에 소개되며 주목받기 시작하자 웃는 일도 많아졌지만, 그만큼 뒤에서 몰래 우는 일도 많아졌다. 그럼에도 불구하고, 나와 남편을 오해하지 않고 좋은 마음으로 바라봐주는 분들이 더 많았기에 견딜 수 있었다.

그렇게 여러 날이 지나고, 여러 해가 지났다. 가끔 오해를 받더라도 마음을 다해 진정성 있게 살아간다면 그 오해는 자연히 풀리리라 생각하며 살았다. 나와 남편은 어느 순간에도 씩씩하고 긍정적인 마음을 잃지 않으려고 노력했다. '명랑해녀'라는 내 닉네임에 딱 들어맞게 늘 명랑함을 잃지 않았다.

어느 날, 남편은 전공을 살려 제주시 일도2동에 위치한 관광명소인 두맹이 골목 벽화작업에 참여하게 되었다. 남편과 함께 많은 분들이 작가로 활동하며 골목의 벽들에 생명을 불어 넣고 있었다. 그중 한 작가분이 벽화 작품 중에 〈명랑해녀와 제주해남〉을 그리셨다.

아마도 작업을 하면서 남편과 나눈 수다가 작품으로 이어진 게 아닌가 싶다. 해녀들이 카약을 타는 모습. 그 독특한 그림은 어느덧 인터넷 블로그를 통해 유명해지기도 했다. 관광명소에 우리들의 이름이 딱 하고 보이니 왠지 부끄럽기도 하고 자랑스럽기도 하다.

벽화에도 이름을 남기고, 방송출연도 해보고, 인터뷰도 해봤다. 제주에 내려와 해녀가 되자 뭔가 인생이 드라마틱하게 변한 것 같다. 이 모든 관심이 사람 김은주, 김형준에게 쏟아지는 것이 아니라, 해녀 김은주와 해남 김형준에게 쏟아지는 것일 테니 책임감 또한 앞선다.

무엇이든 겸손할 줄 알고, 감사할 줄 알며, 이 관심들이 제주해녀의 문화와 전통에도 긍정적인 영향을 주기를. 그러기 위해 더 열심히 살아야겠다고 생각했다. 제주가 특별한 인생을 살게 해준 것 같다. 역시 알다가도 모를 것이 인생인가 싶다.

……

남편은 지금은 나와 함께 물질을 하는 해남이지만 디자이너이기도 하다.
제주에 해녀를 알리는 일도 하지만 당신이 가진 재능으로 참 따뜻한 일도 많이 한다.

진짜 고향이 되는 순간

명절이면 서울에 사는 딸아이들이 제주로 내려온다. 명절을 제주에서 보내고 나면 제주가 진짜 고향이라도 되는 듯 기분이 묘해진다. '내가 제주에 있다니' 이런 생각이 명절엔 유독 더 자주 든다.
아이들을 마중 나가기 위해 남편과 공항 의자에 앉아 기다리고 있으면, 공항 특유의 냄새와 소음 때문에 마음이 설렌다. 아이들을 기다리는 시간은 그 가벼운 설렘이 뭉쳐 묘한 흥분을 일으킨다. 나뿐 아니라 많은 사람들이 공항 입국 쪽을 바라보며 누군가를 기다린다.
제주로 내려온 아이들은 제주관광에는 큰 관심이 없다. 처음 제주에 내려왔을 땐 여기저기 부지런히 돌아다니더니 이제 제주가 그리 신기한 곳은 아닌 듯하다. 그냥 엄마 집에 온 듯하단다. 그저 엄마 곁에서 엄마가 해준 집밥을 먹고 실컷 자고 틈틈이 구석구석 일거리를 찾아 집안일을 많이도 도와준다. 그동안 미루었던 늘어진 야자수 나뭇가지를 잘라 화덕까지 옮기는 힘든 일도 거뜬히 해낸다. 조그마했던 아이들이 이제는 한 사람의 몫을 하며 집안일을 도와주니 너무나 든든하다. 그런 아이들 곁에 소라 녀석이 쫄래쫄래 꼬리를 흔들며 쉼 없이 따라다닌다.

오랜만에 온 가족이 모여 명절 분위기를 낸답시고 이것저것 맛난 음식들을 만들어 먹고, 후식까지 해치우고 나니 여기가 바로 천국인가 싶다. 서울 토박이인 우리에게 제주는 진짜 고향이 되었다. 아이들의 말처럼, 그냥 엄마 집에 온 듯한 기분. 나와 남편도 이 제주가 엄마 집처럼 편안해졌으니 그게 바로 고향 아닐까.

무엇이든 말려요

내가 일하고 있는 공천포 바다의 미역이 달고 맛있다고 많이들 말씀하신다. 공천포 해녀들 사이에서 미역작업은 공동이 아닌 개인 선택 작업이다. 물에 들기 좋아하는 나는 물질 실력도 키우고 수확량도 얻을 수 있으니 일거양득 아니겠는가. 미역 맛도 좋다고 하니 당연히 선택, 안 할리가 없지.

바다에서 채취한 미역을 산간에 위치한 우리 집 주변 이웃분들께 나누어 드리기만 하다가 오늘 처음으로 지붕 위에 널어 말려보기로 했다. 바다에서의 미역작업도 힘들지만 말리는 것도 보통 일이 아니다. 땀을 뻘뻘 흘리며 열심히 지붕 위에 미역을 널었다. 그런데, 아뿔사! 미역이 예쁘게 말려질 거라 생각해 지붕 위에 척척 널어놓았는데 햇볕에 바짝 마른 미역이 지붕 위에 턱 붙어버렸다. 수

시로 뒤집어가며 말렸어야 했는데 그걸 몰랐다.
미역을 떼는 순간 찢어지고 눌어 붙고 난리가 아니었다. 달라붙은 미역을 어떻게 할 수가 없어 지붕 곳곳이 미역 얼룩으로 가득했다. 며칠 두고 보다가 결국 비 오는 날 수세미를 집어 들고 옥상으로 올라가 말라붙은 미역을 벅벅 닦아냈다.
제주도에선 미역만 말리느냐? 아니다. 미역 말리긴 실패했지만 그래도 나름 성공한 작업이 있었다. 나는 아침에 눈만 뜨면 고사리 밭에 나가 자연이 주는 선물을 한 아름 따 왔다. 굳이 고사리를 키운 것이 아니다. 지천에 널린 것이다. 도시에선 상상도 할 수 없는 풍경이 제주엔 지천이다. 물론 육체적인 노동력이란 이루 말할 수 없이 힘들지만 말이다.
나는 여느 날처럼 고사리 채취에 몰입했다 산속에서 길을 잃고 두 시간이나 헤매고 나온 적도 있었다. 땅만 바라보며 고사리를 뜯다 보니 자칫 방심하면 산속 미아가 되기 십상이다.
올해는 해녀 일에 몰두하다 보니 고사리 채취를 작년만큼은 하지 못했다. 물질을 좋아하지만 하루에 물질과 고사리 채취를 동시에 하기란 죽었다 깨어나도 힘들다. 아쉬움 반, 다행 반으로 오늘은 물질이 취소되어 고사리를 뜯으러 나갔다.

이런 황금 같은 기회를 놓칠 수는 없지! 주섬주섬 작업복으로 갈아입었다. 몸빼와 장화, 고사리 앞치마, 팔토시, 모자, 얼굴 가리개를 착용하고 나만의 고사리 밭으로 출발! 두어 시간 제주 자연이 선물로 준 고사리를 한 보따리 주워 담아 집으로 돌아왔다. 커다란 드럼통에 고사리를 푹 삶아 마당 한편에 대나무발을 깔고 고사리를 펴 말렸다. 비록 미역 말리긴 실패했지만, 이제 고사리 말리기는 선수다. 이런 내 모습을 보며 남편은 흐뭇해한다.

때마다 마당에 미역을 말리고, 고사리를 말리고, 청각을 말리고, 우뭇가사리도 말리고, 톳을 말리며 하루를 보내는데 이젠 진짜 제주 사람이 다 된 것 같다. 널어놓은 고사리를 보기만 해도 이 제주 생활이 얼마나 풍요로운지 짐작할 수 있다. 이 사소한 풍경 속에서도 행복이 느껴진다.

마음을 나누는 일

마음을 나누는 일은 어렵지 않다. 가지고 있는 것을 조금 떼어주는 것만으로도, 따뜻한 말 한마디에도, 손길 하나에도 아픈 마음이 치유되는 경험을 자주 했다. 진심 하나면 마음과 마음이 맞닿는다.

서울에서 사업할 때 많은 도움을 주었던 창규 오빠가 깜짝 선물로 돌솥을 보내온 적이 있다. 택배박스를 들자마자 뭔가 굉장한 무게감이 느껴졌다. 선물을 뜯어보니 드라마에서나 보던 윤기 자르르한 돌솥이 튀어나왔다. 찰진 밥 해 먹고 건강하길 바라는 오빠의 마음이 담겨 있었다.
서울에서 사업할 때 알게 된 영민 씨는 17년 지기가 되었다. 제주에 와서도 늘 안부를 묻고 챙겨주는 따뜻한 사이로 지낸다. 그 친구가 어느 날은 해녀생활을 하고 있는 나에게 안전과 풍요를 기리는 뜻깊은 그림을 선물로 그려 보내주었다. 얼마나 많은 실패를 거듭하며 건져낸 작품일까. 전공자도 아닌 사람이 그림을 그려 선물해준다는 건 쉽지 않은 일이기에 더더욱 마음이 전해졌다.
서울에서 쌓은 인연들이 제주로 이주한 뒤에도 꾸준히 이어졌다. 제주에서 쌓은 인연들 역시 한결같이 고맙고 따뜻함에 감사한다. 서울에서 마음을 보내준 친구들에게는 나 역시 마음을 담아 감사를 표현하고, 제주에서 마음을 보내준 이웃들에게도 할 수 있을 때마다 마음을 나눠드렸다.

한번은 이웃에 사는 형님께서 뜻밖의 선물을 보내주셨다. 시골생활에 꼭 필요한 '예초기'가 그것이었다. 손으로 제초를 하다 힘이 부치면 예초기를 빌려 쓰기도 했는데, 하나 사야지 생각만 하던 차에 깜짝 선물을 받게 된 것이다. "예초기를 하나 사긴 사야겠어요" 하고 지나가듯 얘기했던 것을 기억하고 있다가 우리에게 선물을 해주신 것이다.
이웃 어르신들에게도 많은 선물을 받았다. 어느 날은 현관문을 열고 나오면 집에서 딴 무화과 열매가 나를 맞이하고, 또 어느 날은 외출 후 귀가하면 직접 키운 달걀이 가지런히 문 앞에 놓여 있다. 맛보라고, 먹어보라고 나눠주신 마음이 서울에서는 느낄 수 없던

정을 느끼게 해줬다.
그동안 감사하게 받아먹기만 하여 나도 어르신들에게 마음을 나눠드릴 겸, 집에서 키우는 감을 따 나눠 먹자고 했더니 다들 웃으신다. 어지간한 제주 집에는 감나무 한 그루 이상 있었던 것이다. 우리 집보다 더 크고 알찬 녀석들이 열린다고 한다. 감나무는 꽃이 열릴 때 선별을 해주어야 양이 적당하면서 알이 크게 열린다고 하는데, 그걸 모르고 나뒀더니 우리 집 감나무에는 아기주먹만한 단감이 열렸다. 크기는 작지만 맛이 좋아 나눠 먹을 생각이었는데, 집마다 감나무가 있다니. 나는 종종 서울 친구들에게, 제주 이웃들에게 무엇을 나눠줄까 즐거운 고민에 빠진다.
이렇게 제주에 살다 보면 느닷없이 감동을 받게 되는 날이 많다. 내가 감동받은 만큼 나도 누군가에게 기분 좋은 감동을 전하고 싶어서, 자꾸만 무얼 나눌지 생각하게 된다. 마음을 나누는 일은 어렵지 않다고 했던가. 이토록 잘 퍼주고, 잘 나누는 사람들 속에 있으니 마음이 자꾸만 넉넉해진다. 자꾸 마음에 살이 찐다.

잘
지내나요?

물질이 없는 날은 바다가 잔잔한 느낌이다. 왜지? 분명 파도가 높고 바람이 불어 일정을 잡지 않았는데 꼭 쉬는 날 잔잔하다. 괜히 파도를 흘겨본다. 물질이 없어 오랜만에 여유로운 시간이 생기면 서울에서 열심히 자기 일을 하고 있을 소꿉친구들이 생각나기도 한다. 다들 잘 살고 있으려나. 제주에서 사는 것이 행복하고 좋지만, 가끔 멀리 떨어져 있는 다른 가족이나 친구들을 생각하면 외로워지기도 한다. 그러나 떠나왔기 때문에 그리움과 외로움도 느끼는 것이리라. 언제든 만나고 볼 수 있었다면 그들이 얼마나 소중한지도 몰랐겠지. 떠나오길 잘했고, 이 그리움과 외로움도 소중하게 느끼고 간직하리라 마음먹는다.

따뜻한 재능

나와 남편은 서귀포시장애인자립생활센터에서 봉사활동을 시작했다. 이럴 땐 쿵짝이 잘도 맞는다. 우리는 교실을 페인팅작업하기로 했고, 그에 필요한 페인트와 자제를 구입하기 위해 쇼핑을 나섰다. 어떤 색을 칠할까, 붓과 롤러는 몇 개나 필요할까, 페인트를 깔끔하게 칠하기 위해 마스킹테이프와 비닐작업에 필요한 부자재도 빼놓지 않았다. 더 밝고 환해진 공간에서 학생들은 더 즐겁게 생활하게 되겠지.

이 미술교육 봉사는 나와 남편에게 의미 있는 도전이기도 하다. 전문가인 남편의 기획으로 한 공간에서 다양한 색채의 배색을 통해 장애가 있는 분들에게 시각적 자극을 주고, 한 공간에서 다양한 감정을 느낄 수 있도록 기획된 수업이다. 기획을 말하면 꽤 멋지게 느껴지지만, 그것을 구현하기 위해서는 상당한 육체적 노동이 요구된다. 알록달록 예쁜 색들로 교실을 꾸미고, 겨울임에도 땀 흘리며 열심히 교실 페인팅작업을 이어나갔다. 그리고 본격적으로 수업을 준비했다.

우리는 장애우와 학부모가 함께하는 수업을 진행하기로 했다. 지금까지 우리가 해왔던 봉사활동은 대부분 몸을 쓰는 일이었다. 영유아 목욕시키기, 기저귀와 이불 빨래하기, 무료급식소 설거지, 식자재 다듬기. 그런데 이번엔 교실 페인트작업에 이어 수업까지 하게 된 것이다. 흰 도화지에 크레파스만으로 아이들과 그림그리기를 시작했다. 학생들과 학부모의 그림을 보는 것만으로도 공부가 되는 느낌이었다.

쉬는 날은 수업에 필요한 미술도구를 구하기 위해 솔방울을 주우러 다니기도 하고, 미술수업에 필요한 문구용품을 구매하기 위해 문구점을 돌아다니기도 했다. 크리스마스를 앞두고 일회용 종이접시를 이용해 크리스마스 장식 만들기 수업도 진행했다.

봉사활동이 육체적 노동으로만 이루어지는 게 아니라는 걸 배웠다. 가지고 있는 사소한 재능만으로도 충분히 봉사에 참여할 수 있었다. 남편과 내가 마음을 모아 봉사활동을 시작했다는 것, 우리가 가진 것들이 따뜻한 봉사가 될 수 있다는 것에 감사한다.

통행금지 1100도로

제주시에서 서귀포시로 넘어오는 가장 짧은 도로가 두 곳이 있는데 1100도로와 516도로이다. 이 두 도로의 특징은 한라산을 넘어온다는 것, 제주에서 가장 높은 곳을 넘어온다는 것이다. 경사가 높은 두 곳은 교통사고가 많이 나는 도로로 유명하다.

제주시 해녀학교 송년회 겸 친목모임을 마치니 자정이 훌쩍 넘었다. 잠은 집에서 자야 편한 것이라는 생각에 나를 꼭 '언주'라고 부르는 동창인 애자와 남편과 함께 집으로 향했다.
"암암! 잠은 집에서 자야지!"
이렇게 재잘거리며 서귀포로 가는 짧은 코스인 1100도로 입구로 자연스럽게 차를 몰았다. 그런데… 한라산으로 올라가는 도중 점점 눈이 내리기 시작했다. 우리 두 여인들은 깔깔거리며 "눈이다!"를 외치고 신나했다. 송년회의 흥겨움을 차에서 연장하듯 즐겁게 소리치며 좋아라 했다.

드디어 1100고지 휴게실! 한라산을 관통하는 도로 정점에 올라온 것이다. 폴폴 내리던 함박눈은 굵은 눈보라로 변해 뺨을 때리고 있었지만 우리는 아랑곳 않고 즐거운 마음을 이어나갔다. 차에서 내려 남편에게 기념 인증샷을 찍어달라고, 1100고지 이정표 앞에서 사진 찍을 자세를 취하기도 했다. 이때까지도 운전을 하고 있는 남편의 표정이 퍼렇게 굳어 있는 것을 알아채지 못하고 있었다. 눈 속에서 좀 더 시간을 보내고 싶었는데 빨리 차에 타라며 빽! 하고 괴성을 지르는 남편의 목소리에 급하게 차에 올라탔다.

"이제부터는 내리막길이야… 조심해야 해…." 그때까지만 해도 '제주에 함박눈이라니!' 하는 생각에 들떠 남편의 목소리가 들리지 않았다. 별것 아닌 듯 우리 두 여인은 뒷자리에 앉아서 신나게 수다를 이어나갔다. 한참 뒤 집에 다다를 무렵, "집에 도착하면 야식 먹을까? 한잔 더 할까?" 남편에게 말을 걸며 돌아보니 아뿔싸 얼굴은 퍼렇게 질려서 식은땀을 뻘뻘 흘리는 게 아닌가.

"식은땀을 왜 이렇게 흘려!"

눈보라를 뚫고 집에 오늘 길 내내 온몸에 털이 설 정도로 긴장을 하고 왔다고 한다. 우리가 그렇게 즐겁게 떠들었던 소리를 하나도 듣지 못했다고 하면서 집에 도착하자마자 안도의 한숨을 내쉰다. 후에 동네 어르신들께 여쭤보니 겨울 날씨에는 제주 사람들은 잘 다지니 않는 도로라고 하신다. 눈 소식이 있었는데 그것도 모르고 그 산길을 넘어왔냐며, 죽고 싶냐며, 다시는 그러지 말라고 당부를 하셨다. 1100고지에서 철없는 우리는 이런 눈발을 제주에서 언제 또 보겠나 싶어 인증샷까지 찍어 왔으니 참 겁도 없고 철도 없었다. 이런 내 성격 때문에 제주에 무작정 올 수도 있었지만 주위를 살피고 곁의 사람을 살피는 것. 앞으로 제주생활에서 내가 채워가야 할 자세일 것이다.

생계는 핑계고
삶이 정답

오늘도 물질이 있어 공천포 해녀들이 탈의장으로 모였다. 오늘 해녀삼촌들의 이야기 주제는 해녀들의 안전사고다. 어제 남원리에서 해녀분이 보말 작업 중에 돌아가셨다는 소식이 전해졌다. 올 상반기에만 네 번째 사망 소식이다. 제주해녀들의 고령화가 심해지면서 바다에서 사고로 돌아가시는 일이 많아졌고, 그런 소식이 들릴 때마다 마음 한편이 불편해진다.

바닷속에서 갑자기 심장마비가 오는 경우도 있고, 해초에 발이 걸려 익사하거나, 파도에 쓸려 실종되는 사고도 발생한다. 마라도에서는 조업을 끝내고 갯가로 나오는 도중에 파도에 쓸려 실종된 해녀가 있었는데, 일주일 뒤에야 우도에서 시신이 발견되었다는 기사를 보기도 했다. 이런저런 사고소식에 우리 공천포 삼촌들도 심장을 졸인다. 매년 바다에서 돌아가시는 해녀들의 사고소식을 듣다 보니 나도, 삼촌들도 남일 같지 않은 것이다.
잠수회장님께서는 우리 할망삼촌들에게 안전에 대해 끊임없이 설파하셨다.
"사고라는 게 경고를 하고 다가오는 게 아니니 조심 또 조심하세요!"

특히 연세가 많으신 해녀삼촌들은 자주 편찮으셔서 물질이 걱정스러울 때가 많다. 삼촌들이 아프다는 소식에 병문안 횟수도 잦아진다. 나이 먹으면 다 아프다고 아직 괜찮다고 말씀하시는 삼촌들을 보며, 고령해녀들의 물질이 걱정스럽게 느껴지기도 했다.
삼촌들은 언제까지 물질을 하실 수 있을까. 나는 삼촌들과 언제까지 함께 물질을 하게 될까. 이런저런 생각을 하다 보면 기분이 가라앉기도 여러 번. 그럼에도 바다가 좋고, 해녀가 좋고, 나 스스로 직접 아름다운 해녀의 전통을 이어나가고 있으니 그걸로 좋다고 마음을 다독였다.

언젠가 삼촌들에게 여쭤봤다. 혹시 자녀분들이 해녀가 되고 싶다고 하면 어떻게 하실 거냐고. 해녀삼촌들 모두가 한 치의 망설임도 없이 '반대'라고 말씀하셨다. 그 힘든 해녀질을 왜 시키겠냐고, 옛

날이야 가난하고 먹을 게 없어서 물질을 해야 했지만 내 자식들은 위험한 물질을 하지 않았으면 좋겠다고 하셨다.
"그럼 삼촌네 가족들은 삼촌이 지금까지 물질하시는 거 안 좋아하겠네요?"
내 질문에 삼촌들이 말을 잇지 못하신다. 해녀삼촌들도 자식이 위험한 물질에 뛰어드는 걸 싫다고 하시는데, 그 가족과 자녀들은 오죽할까. 해마다 해녀들의 사고소식이 끊이지 않는데 가족들은 얼마나 마음 졸일까. 그럼에도 삼촌들이 해녀 일을 그만두지 못하는 것은 이제 생계의 문제가 아니라 삶의 문제가 아닐까.
삼촌들 모두 수십 년을 바다에서 사셨기에 이제 바다를 떠나서는 살 수 없는 것이다. 해녀삼촌들 역시 그 어머니가 해녀였고, 그 어머니의 어머니도 해녀로 사셨다. 제주의 여인들이 모두 해녀가 된 것은 아니지만 대를 이어 딸에서 딸로 며느리에게로 전해진 전통이다. 그 오랜 되물림이 이제 끝나려는 것일까. 삼촌들은 나이를 먹고, 더 이상 자식들에게 해녀 일을 물려주지도, 물려주고 싶지도 않다고 말씀하신다. 그 마음이 충분히 이해가 되다가도 한 편으론 슬펐다. 더 이상 새로운 아기해녀가 나타나지 않을까 봐. 더 나아가 제주 바다에 해녀들이 모두 사라지는 날이 올까 봐.

행복은 DIY

제주에 살면서 자급자족이 몸에 뱄다. 제주는 도시가스가 거의 없기 때문에 다양한 방법으로 난방을 하게 된다. 기름보일러, 가스보일러, 화목보일러 등 다양한 난방 형태가 존재한다. 처음 이사를 와서 집수리를 하고 서울에서 사용했던 것처럼 가스보일러(LPG)로 난방을 했더니 한 달 가스비가 100만 원 정도 나왔다. 한 달에 난방비를 100만 원이나 지출한다면 무엇하러 제주에서 산단 말인가. 남편과 상의 끝에 시골생활의 꽃, 멋진 화목 난로를 설치해서 난방을 하기로 결정했다.

도시에서는 엄두도 낼 수 없는 화목난로를 설치할 생각을 하니 뭔가 이제야 제대로 제주살이를 시작했다는 생각이 들었다. 그리고 무엇보다 엄청 멋져 보였다. 화목난로라니! 하지만 화목난로는 생각보다 고가이기 때문에 구매에 신중을 기해야 한다. 이유는 제주도라도 장작을 쉽게 구할 수 있는 게 아니기 때문이다.
화목난로를 설치하고, 외풍을 막기 위해 뽁뽁이도 붙이고, 바닥엔 따뜻한 카펫을 깔았다. 집은 손길이 닿을 때마다 변한다. 더 따뜻하고 더 포근하게. 여전히 DIY가 유행이라는데, 행복도 DIY 같다는 생각을 한다.
물질이 없는 날은 난로 옆에 누워 따뜻함을 즐겼다. 옛 추억을 살려 도시락을 올려볼까? 살면서 겪게 되는 시행착오 속에서 우리에게 맞는 것들을 조금씩 맞춰나가는 재미가 있다.

어느 날은 늦은 아침, 물질작업을 마치고 집으로 돌아와 남편에게 배가 고프다고 성화를 피웠다. 남편은 요리를 굉장히 잘한다. 늘 식사를 챙기는 일을 즐거워하다 보니 제주 와서는 배고프다는 이야기를 남편에게 많이 한다. 덕분에 집에 들어서자마자 남편에게 배고프다고 콧소리를 낸다.
"배고파앙~".
아침부터 물질작업을 하고 나면 피곤한 건 둘째고 너무 허기져서 무엇이든 입에 넣고 봐야 숨을 돌릴 수 있다.
"밥 뭐 먹지?"
"무엇이든! 입에 빨리 넣을 수 있는 것으로! 우리 집 카페에서 먹자!"

배고프다는 마누라의 성화에 못 이겨 남편이 허겁지겁 부엌으로 뛰어 들어간다. 남편이 내온 오늘의 밥상은 토르티야와 커피. 고소하고 담백하게 구운 토르티야를 한 입 먹고, 향 좋은 커피를 한 모금 마시면 피로가 싹 씻기는 기분이다. 이 공간은 우리의 홈 카페이자 손님들과 함께할 수 있는 술방이며, 민박하는 손님들을 위한 레스토랑으로 만들어졌다.

남편과 함께 부지런히 셀프로 작업한 보람이 있다. 남편의 훌륭한 목공 솜씨로 비 오기 전에 카페 문을 완성하기로 했는데, 드디어 완성된 것! 문이 없어서 눈이나 비가 들이치면 속수무책이었기에, 시간 날 때마다 목공작업을 이어나간 게 드디어 끝이 났다. 그동안 부지런을 떤 보람이 있었다. 멋진 카페 입구가 만들어졌다. 그곳이 허기진 배를 채워주는 멋진 공간이 된 것이다.

그런데 자세히 보니 문 입구에 만들어놓은 창문에 유리가 없다. 어떻게 비를 막는다는 거지? "어머 이 봐요! 작업하시는 분, 어떻게 하자는 겁니까?" DIY는 한번 시작하면 이렇게 해야 할 일이 끝이 없다. 행복도 마찬가지. 고치고 보완하는 시행착오를 통해 저마다 고유한 행복을 만들어나가는 것 아닐까.

폭설과 멸치칼국수

제주에 30년 만의 폭설과 한파가 찾아왔다. 방송마다 난리다. 제주에 와서 처음으로 맞이하는 추위와 눈 때문에 중산 간에 위치한 우리 집은 완전 고립되었다. 따뜻한 제주 서귀포에서 맞는 폭설은 상상도 못 할 일이었다. 제주는 얼음이 어는 경우가 거의 없어서 마당에 있는 수도가 얼 일도 없다. 한겨울에도 물이 안 나오는 법이 없었는데, 이게 웬걸? 이번 한파로 마당 수도가 얼어서 물이 나오지 않고, 가득 쌓인 눈 때문에 집 밖으로는 나갈 수가 없게 되었다. 가끔 지나가는 농사용 차량 소리도 안 들리다 보니 너무나 고요하다. 조용한 마을에서 우리 부부는 나름 평화롭고 즐겁게 고립을 즐기기로 했다. 오늘처럼 흔하지 않은 서귀포의 추운 날은 뜨끈한 국물 생각이 절실하다. 후딱 집을 나서 칼국수 한 그릇 먹을까 하다가 서울에서처럼 외식이 잦으면 거덜 난다는 강박에 집에서 칼국수를 해 먹기로 결정했다. 겨울철 난방비와 경제적 수입에 대한 걱정으로 칼국수 한 그릇도 망설이게 되는 것이다. 이런 걱정을 눈치챈 듯 남편이 두 팔을 걷어붙이며 칼국수 반죽을 하겠노라 큰소리를 친다.

둘이서 주방에서 헤헤거리며 칼국수를 만들었다. 남편이 밀가루를 힘차게 반죽한다. 나는 멸치와 다시마로 육수를 낸다. 이 국물과 면발은 나와 남편처럼 환상의 궁합이다. 칼국수 덕분에 집 안도 훈훈해지고 활활 타오르는 장작불에 공기도 따뜻해지고, 이 또한 꿈에 그리던 시골생활 아니겠는가.

그렇게 나름 즐거운 고립생활을 한 지 3일째 되는 날 집 안의 모든 식량이 거덜났다. 우리는 집에서 가까운 마트로 장을 보러 나가기로 했다. 가까운 마트라고 하지만 차로 30분은 가야 하는 곳이다. 폭설로 인한 도로 사정 때문에 마트로 가는 길은 험난함 그 자체였다. 눈길을 헤쳐 겨우 마트에 도착했지만 또 다른 반전이 눈앞에 펼쳐져 있었다. 뉴스에서나 봄 직한 풍경. 거의 모든 상품이 품절이었던 것이다. 육지에서 공수되는 상품들은 비행기들의 연이은 결항으로 공급이 끊겼고, 제주도 내에서 공급되는 상품들도 차량운행이 어려우니 공급되지 않았던 것이다.

마트 안에 있는 인스턴트 음식들을 몇 가지 챙겨 집으로 돌아왔다. 고립생활은 오래할 수도 없고 자주 할 수 있는 일도 아니지만, 막상 겪어보니 재미있기도 하고 놀랍기도 하다. 도대체 저 눈은 언제 다 녹을까? 생각보다 제주의 한파는 길고 오래갔다. 해녀삼촌들에게도 여쭤보니 손에 꼽히는 기록적인 한파라고 하셨다. 제주생활에서 잊을 수 없는 추억이 하나 생겼다.

뜻밖의 선물

오늘은 물질이 없다. 오랜만에 시간이 나 반려견 소라와 함께 해녀 탈의장 청소도 할 겸 공천포로 향했다. 남편인 해남도 따라나섰다. 제주의 봄볕을 벗 삼아 함께 탈의장 구석구석 쓸고 닦았다. 내가 가장 막내이다 보니 탈의장 청소는 주도적으로 하는 편이다. 늙으신 삼촌들이 물질에 기타 잔업에 청소까지 하시려면 힘이 부친 게 사실이다. 그래 청소만큼은 내가 더 많이 하자! 하는 마음으로 쉬는 날에도 몰래 출근해 청소를 시작했다. 옆에서 열심히 도와주던 남편이 청소를 끝낸 뒤 봉지커피를 한 잔 타준다.

"이 맛이지! 죽인다~."

"건배~."

깨끗하게 청소를 마치니 기분까지 깨끗해진다. 따사로운 볕이 드리우는 탈의장 돌담 위에서 신랑과 함께 수다를 떨며 편의점표 도시락을 외식 삼아 점심을 먹었다. 함께 온 소라도 기분이 좋은지 해가 잘 드는 곳에 배를 내밀고 누워 있다. 3,000원짜리 편의점 도시락이지만 둘이 함께 나눠 먹으니 산해진미보다 맛있다. 비싼 돈 주고 사 먹는 음식보다 더, 더 좋다!

"남편, 지금 먹는 도시락은 행복한 맛이야! 기분 너무 좋다!"

뚝딱 도시락 한 통을 비우고 일어서려는데 관광객으로 보이는 젊은 여성 한 분이 다가오셨다.

"식사 맛있게 하셨어요?"

먼저 환하게 인사를 건네셨다. 내심 해녀에 관해 궁금한 게 있으신가 하는 생각을 했다. 그러나 예상과는 다르게 그분은 불쑥 종이 한 장을 건네셨다. 그녀가 건넨 종이 위에는 우리가 밥 먹는 모습이 담겨 있었다. 우리 모습이 너무 행복해 보여 스케치를 했다고 한다.

"와! 고맙습니다! 너무 예뻐요!"

이런 소중한 선물을 받게 되다니. 제주가 내게 선물을 준 것 같았다. 청소하느라 고생했다고, 해녀 일 하느라 수고한다고, 제주를 사랑해줘서 고맙다고. 이렇게 우연히 만난 관광객의 손을 통해 나를 격려해주고 남다른 선물을 준 것 같은 느낌이었다. 감사한 마음에 해녀 탈의장표 봉지 커피를 한 잔 나눠드렸다. 제주에 대한 이야기를 나누며, 사랑스러운 개 소라에 대해 이야기하며, 스케치한 우리 그림에 감사하며, 짧게나마 행복한 시간을 보냈다.

"고맙습니다! 다음에 제주에 오시면 공천포 바다에 또 놀러 오세요. 저희 돌트멍 명랑해녀 홈스테이에도 꼭 들르시고요!"

점점 시야에서 멀어지는 여성분을 보며 나는 나직이 속삭였다.

"정말이에요. 이곳에 또 오시면 모든 것이 오래되고 낡았지만 많은 것이 풍성한 제주에서의 삶 한 조각을 기꺼이 내어드릴게요."

무 파치

예쁜 귤은 팔고, 못생긴 귤은 먹는다. 제주생활을 하면서 귤농사를 시작했는데, 예쁘고 탐스럽게 핀 귤은 상품으로 판매하고 못생기고 상처가 난 귤은 우리가 먹거나 가족에게 나누어준다. 이 비상품을 전문용어로 '파치'라고 부른다. 파치를 먹다 보니 파치가 익숙해져 다른 상품을 사 먹을 때도 파치 상품을 많이 구매하게 되었다. 파치는 정가보다 싸게 판매하거나, 말만 잘하면 그냥 얻어먹을 수 있다. 제주에선 흔하게 무, 브로콜리, 비트, 마늘, 양파 등이 파치로 나온다.

농사짓는 모든 농산물의 파치를 얻어먹거나 싸게 구해서 먹기 때문에 제주생활에서 무척 유용하다. 각 지역에 흩어져 살고 있는 해녀학교 친구들과 이야기를 하던 중 어느 밭에 수확을 하고 남은 파치가 밭에 남아 있더라는 소식을 들으면 그곳으로 소풍을 가듯 파치를 주우러 갔다. 가득 주워 온 파치는 일용할 양식으로 잘 활용했다.
이번엔 그중에 무 파치를 얻으러 가기로 했다. 그냥 막연히 갈아엎은 무밭에 들어가 몇 개 주워 올 생각으로 소풍 겸 마실을 나갔다. 한참을 이동하여 무밭에 도착했고 다들 매서운 눈으로 파치를 살피기 시작했다. 마치 노다지라도 발견한 것마냥 신나 무를 가지고 나왔다. 생각보다 많은 양이었다.

집으로 오는 동안 해안 길을 지나왔는데 바닷가 볕에 잘 말려진 한치가 눈에 보였다. 간식으로 한치를 사 먹을 겸 주차를 하고 한치를 구워주시는 주인아저씨와 이야기를 나누던 중 직접 운영하시는 식당에서 무가 필요하다 하시는 게 아닌가. 이런 때 후한 인심이라도 써야겠다는 마음으로 주워 온 무를 많이 꺼내 드렸더니 아저씨께서도 답례로 한치를 더 담아주셨다. 일거양득은 이럴 때 쓰는 말이겠지. 무 파치가 한치 파치로 바뀌는 순간이었다.
한치 파치는 다리가 어디로 사라져 몸통만 있는 녀석들이었다. 제주에서 "파치인생이다"라며 함께 간 친구들과 깔깔거리며 신나게 웃었다.

제주는 파치도 주워 쓰고 나눠 쓴다. 상품성이 없다고 버리지 않고, 상처 났다고 천대하지 않는다. 제주에서 파치인생이란 어느 것 하나 허투루 보지 않는 꼼꼼하고 따뜻한 삶이라는 뜻 아닐까. 예쁜 귤은 팔고, 못생긴 귤은 먹는다는 말은 못생긴 귤도 사랑한다는 말 아닐까. 파치도 사랑하는 제주의 일상. 이렇듯 제주에 살면서 마주친 소소한 삶의 순간들이 특별하게 느껴진다. 서울에서는 몰랐던 것들, 서울에서는 의미 없던 것들, 서울에서는 별것 아니었던 것들이 제주에선 특별하고 소중해진다. 바쁘게만 살던 서울생활은 행복하다는 것도 자주 잊게 했지만, 제주에 내려와선 항상 행복하다. 어쩌다 보니 나는 해녀가 되었고, 남편은 해남이 되었다. 어쩌다 보니 우린 제주에 살고 있다. 생각했던 것보다 더 행복한 나날을 보내고 있다.

……

나는 물을 좋아한다.
그래서 나는 물에서 놀게 됐다.
물! 물방울이 가진 속성.
부드러움! 아늑함! 튀어오름! 명랑함!
그래서 나는 명랑해너다.
오늘도 나는 제주 공천포 앞바다 물에 든다.
남편이 곁에서 따라와준다.

……

많은 사람이 묻는다. 잘나가는 디자이너,
잘되던 사업을 그만두고 왜 해녀가 되었는가.
먹고사는 방식은 궁극적으로 행복의 가치에 있다.
사람들에게 나는 대답한다.
남편과 함께 바다에 드는 지금이 내 생에 가장 행복한 순간이라고.

서울에서 비즈공예 디자이너와 공예제품 사업을 하면서 정신없이 바빴다.
무엇보다 너무 힘들었고 아팠다.
어느 날 내 마음속에서 기억도 나지 않는 엄마의 목소리가 들려왔다.

"네가 좋아하는 일을 하렴.
네가 좋아해서 그것을 즐기게 되면
그것은 일이 아니라 놀이가 되는 거야!"

물질도구

태왁

태왁은 해녀가 수면 위에서 몸을 의지하거나, 헤엄쳐 이동할 때 사용하는 도구이다. 예전에는 잘 익은 박 속을 긁어내 만들었지만, 1960년대 중반부터 스티로폼 태왁이 등장해 박 태왁을 대체했다. 태왁은 커다란 공 부분은 두렁박이라고 하고, 원으로 된 테두리는 어음, 해산물을 담아두는 그물을 망사리라고 한다.

호맹이

호맹이는 해녀들이 문어, 성게, 소라 등을 딸 때 쓰는 도구이다. 문어를 잡을 때 사용하는 것은 원기둥 형태로 끝이 뾰족하고, 성게를 딸 때는 날이 있는 것을 사용한다.

빗창

빗창은 전복을 떼어낼 때 쓰는 도구이다. 살이 휘어진 형태로 되어 있어 전복을 채취할 때 지렛대 역할을 한다. 끝을 둥글게 말아서 고무줄을 끼워 사용한다. 길이 30센티 내외로 길죽한 쇠붙이 막대다.

안경(눈알)

물안경을 눈이라 한다. 초기의 물안경은 소형 알이 두 개로 분리된 쌍눈이었고, 쌍눈을 족은눈 또는 족쇄눈이라 하고, 외눈을 큰눈, 왕눈, 눈알이라고 부른다. 예전에는 큰눈의 테두리로 황동판을 쓰다가, 1970년대 이후 고무옷이 보급되면서 큰눈의 테두리를 고무로 만들어 사용하고 있다.

연철

연철은 뽕돌이라고도 한다. 둥글납작한 납덩어리이며 끈으로 여러 개를 연달아 꿰어 허리에 찬다. 하나당 1킬로그램 또는 2킬로그램이 나간다. 나이가 많을수록 여러 개를 사용하며, 허리는 물론 등과 가슴에 두르는 할머니 해녀도 있다.

미역용 낫

미역용 낫은 작고 가벼우며 낫의 날 부분이 작은 톱니로 되어 있다. 일반 낫과 비교했을 때 물속에서 미역을 더 손쉽게 딸 수 있도록 만들어졌다.

오리발

왼쪽은 해녀들이 기존에 사용하던 숏핀. 오른쪽은 프리다이빙을 할 때 쓰는 롱핀. 중간이 기존의 해녀 오리발과 프리다이빙 롱핀의 중간격인 지금의 업그레이드 오리발이다.

사진 출처

10-11, 16, 119, 162-163, 164, 167, 292, 294p
이철재 사진 작가

88p
디스커버제주